# 정세에 합당한 우리 연애

# 정세에 합당한 우리 연애

## 박화성과 박서련

작가정신

소설 잇다

이 책에 대하여

최초의 근대 여성 작가 김명순이 데뷔한 지 한 세기가 지났습니다. '소설, 잇다'는 강경애, 나혜석, 백신애, 지하련, 이선희 등 활발한 작품 활동을 이어나갔으나 충분히 언급되지 못한 대표 근대 여성 작가들의 주요 작품을 오늘날 사랑받는 현대 작가들의 작품과 나란히 읽는 시리즈입니다. '소설, 잇다'는 풍요로운 결을 지닌 근현대 작가들의 소설을 독자들과 함께 읽고자 합니다.

박화성은 김명순, 나혜석에 이어 등장한 2세대 작가로, 가장 오랜 활동을 한 여성 작가로도 기록됩니다. 또한 여성 최초로 장편소설을 쓰고 사회적 리얼리즘을 주제화한 작품들로 한국 근대문학의 시작점에 서 있다는 평가를 받았습니다. 하지만 이러한 선구자적 면모를 지녔음에도, 그는 '여류'라는 이름으로 지워진 한계와 장벽에 맞서 싸워야 했습니다. 격동의 모진 시기를 겪어내며 치열한 역사의식과 현실의식을 바탕으로 한 그의 작품 세계는 주로 해방 전과 해방 후로 나뉩니다. 이 책에는 해방 전 가장 활발한 창작 활동을 벌인 시기의 대표 작품 세 편을 수록했습니다. 제국주의와 식민지하의 궁핍하고 핍박받는 민중과 노동자, 여성 등이 처한 처참한 현실을 외면하지 않고 직시하는 작품들입니다.

제23회 한겨레문학상 수상작이자 첫 장편소설인 『체공녀 강주룡』을 통해 "성장과 투쟁의 여성 서사"를 보여주었다는 평가를 받으며 등장한 작가 박서련은 역사소설, 판타지, SF, 청소년 문학을 넘나들며 부지런하고도 치열하게 새로운 서사와 상상력을 모색왔습니다. 최초로 '고공농성'을 벌였던 여성 노동자 강주룡의 삶을 그린 『체공녀 강주룡』부터 인종과 세대를 초월하는 연대를 통해 사랑의 힘을 보여주는 『더 셜리 클럽』, 일제강점기 청년 예술가들의 한 시절을 담아낸 『카카듀』, 남성 영웅 서사를 뒤집어 욕망하는 주체로서의 초선을 그린 『폐월; 초선전』까지, 그는 우리가 속한 세계뿐 아니라 그 너머까지를 면밀히 들여다보고 다채로운 이야기를 직조하며 문학적 영토를 끊임없이 확장하고 있습니다.

전복과 투쟁의 서사를 통해 현실을 폭로하는 데 그치지 않고 그것을 극복할 힘과 방향을 가리켜 보인다는 점에서 박화성과 박서련은 닮아 있습니다. 여성다운 글쓰기를 거부하고 일제에 저항하였으며, 나아가 식민지 조선이라는 현실에서 하층민의 삶을 묘파한 박화성 작가. 계급투쟁의 여러 모순과 이를 둘러싼 이데올로기를 바라보는 그의 시선은 박서련 작가가 소설을 통해 보여준 시각과도 맞닿아 있습니다. 두 작가의 만남을 통해 그들이 진정으로 전하고자 한 메시지가 무엇인지 확인해보는 시간이 되길 바랍니다.

편집부

차례

이 책에 대하여
4

**박화성**

소설
*
**하수도 공사**
14

**홍수전후**
94

**호박**
136

**박서련**

소설
*
**정세에 합당한 우리 연애**
170

에세이
*
**총화**
204

해설
*
**물의 시간과 고요한 약속**
전청림(문학평론가)
216

**일러두기**

* 모든 작품은 1948년 출간된 창작집 『홍수전후』(백양당)를 저본으로 삼았고 본문의 마지막에 발표 지면을 명기했다. 또한 발표순대로 작품을 수록했다.
* 본문은 현행 한글맞춤법과 외래어표기법에 따랐으나, 작품 분위기에 영향을 주는 구어체 표현, 방언, 일본어, 의성어, 의태어 등은 최대한 원문을 살렸다.
* 원문의 문장 표기는 현행 표기에 맞게 고쳤다. 대화나 인용은 " ", 생각이나 강조는 ' ', 책 제목은 『 』, 글 제목은 「 」, 잡지나 신문의 이름은 《 》, 영화, 연극, 노래 등은 〈 〉로 통일했다.
* 원문의 한자는 가급적 한글로 바꾸었고, 작품 이해를 위해 필요한 경우에는 한자를 병기했다.
* 원문에서 판독할 수 없는 부분은 □로 표시하고, 기타 부호는 원문에 있는 대로 표시했다.

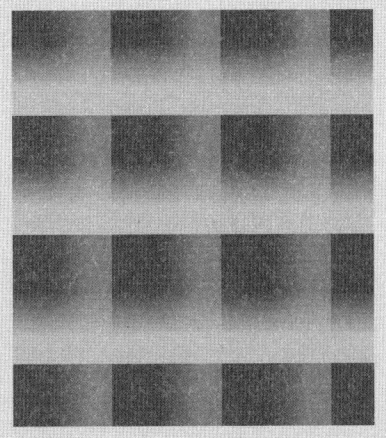

박화성

# ✳ 박화성 ✳

박화성은 한국문학사에서 가장 오랜 시간 활동해온 여성 작가로 기록된다. 창작 기간 60년. 1925년 이광수의 추천으로 「추석전야」를 《조선문단》에 발표한 것을 시작으로, 1988년 타계하기 3년 전까지도 단편 「마지막 편지」를 문예지에 발표하는 등 펜을 놓지 않았다. 일제강점기와 해방, 한국전쟁과 분단 등 과도기 한국사회의 진통을 겪으면서도 계속 써내려 간 작가, 박화성. 무엇이 그를 끊임없이 쓰고 또 쓰게 하였을까.

본명은 경순, 화성은 스스로 지은 아호이자 필명이다. 목포에서 태어난 그는 어려서부터 신동 소리를 들었고, 정명여학교 시절 월반을 하여 13세 때에는 서울로 유학, 숙명여고보를 수석 졸업한다. 한국인 여성 최초로 일본여자대학 영문과에 입학했으나 3학년을 수료하고 귀국한다. 이후 장편소설 『백화』를 1932년 《동아일보》에 연재하게 되는데, 한 여성의 삶을 통해 일제 치하 억압과 폭력의 현실을 통찰한 이 작품은 여성 최초의 장편소설로 기록된다. 선구자적인 면모를 지닌 박화성은 사회적, 역사적 약자의 편에서 목소리를 높이기를 주저하지 않았다. 특히 외부로는 일제의 수탈이, 내부로는 가부장제의 억압이 침투하는 현실 속에서 여성 인물들은 안팎의 고초를 겪으며 희생되는 실상 자체로, 혹은 그대로 멈춰 서지 않겠다는 신념과 각오로 분한다. 「홍수전후」에서는 대홍수로 목숨을 잃은 어린 딸 '쌀례'가 등장하고, 「호박」의 '음전'은 객지로 내몰린 약혼자를 닮은 호박을 간직하며 곤궁한 날들을 견딘다. 성적, 계급적 착취에 시달리는 여성 노동자 '영신'의 수난을 그렸으며,(「추석전야」) 총기 있고 사려 깊은 '용희'를 통해서는 계급투쟁의 의지를 고취하고 있다.(「하수도 공사」)

박화성의 작품은 박력이 있고 의기가 넘치며 '남성적'이라는 평가를 받았다. 하지만 그는 여성다운 글쓰기라는 잣대를 들이대는 남성 평론가들에게 항의했으며, 자신을 여류작가로 분류하는 것에 강한 불만을 표하기도 했다.(「나는 작가다」) '여류'라는 범주로 한정하게 되면 그의 문학의 본질에 다가가지 못하리라 염려했을 것이다.

"아이들과 억지로 정을 떼가며, 호랑이 노릇을 해가며, (…) 게다가 구설꺼나 들으면서도 이 붓대를 놓지 못하는 것을 무슨 천형으로 생각하였다."(「여류작가가 되기까지의 고심담」) 소설을 쓰는 데 어려움을 토로하면서도 박화성은 '천형'이라 여기고 계속 썼다. 오랜 창작 활동의 원동력은 어쩌면 그의 소설에 나타난 수많은 민중과 여성과 아이 들이 넘어지고, 또 다시금 일어선 것과 같은 '의지', 바로 그것이 아니었을까.

소설

*

하수도 공사 下水道工事

격분된 삼백 명의 노동자들은 중정대리中井代理를 끌고 경찰서에 쇄도하였다. 보안계 위생계의 넓은 사무실 안에 있는 사람이란 사람은 급사들까지 모조리 나와서 눈들을 둥그레가지고 마당에 겹겹이 들어서 살기가 등등하여 날뛰는 군중을 둘러본다.

"자— 서장에게 면회시켜 주시오."

"중정대리란 놈을 끌고 들어가자."

　하며 낭하로 우르르 몰려 들어가는 군중을 밖에 섰던 자들이 두 손을 벌리고 막는다. 사법계실에서도 뛰어나오고 고등계 주임까지 층계에서 궁글어 내려오는 듯이 뚱그적이고 내려왔다. 서장은 체면을 유지하느라고 나오지는 않으나 서장실에서 섰다 앉았다 하며 좌우를 시켜서 무슨 일인가를 알아오라고 하였다. 보안계 주임의 뚱뚱한 얼굴이 나타났다. 금테 안경 너머로 마당에 빽빽하게 박혀 선 군중을 둘러보며

"무슨 일이 있으면 조용히 말해라. 시끄럽게 하면 안 된다."

하고 위엄을 내어 말하였다.

"조용히 할 말이 못 되오, 자, 두말 말고 서장에게 면회시켜 주시오."

경찰서가 떠나갈 듯이 삼백 명의 소리는 외쳤다. 고등계 주임과 형사들이 한편에서 수근수근하더니 보안계 주임을 불러가지고 다시 머리를 맞대고 수군거린다.

"당신들 의논은 나중에 하고 어서 우리 청이나 먼저 들어주."

한쪽에서 주먹을 들었다 놓았다 하며 소리친다. 보안계 주임이 다시 이쪽으로 오더니

"그러면 대표를 내어야 서장께 면회시켜 준다. 이렇게 몰려가서는 아니 되어."

하며 눈자위를 불량하게 굴려 군중을 좌우로 훑어본다.

"자, 그러면 대표를 내어 세우자."

군중은 흩어져 무더기무더기로 둘러선다.

"장덕삼이 자네 하소."

"김병수, 이재표……"

소리가 끝나지 않아 키가 호리호리한 사법계 주임이 점잖게 걸어와서 손가락으로 이 사람 저 사람 가리키며 대표를 뽑기에 신이 나서 소리치는 장덕삼이의 어깨를 두 손가락으로 톡톡 치면서

"여보, 대표를 네 사람만 뽑으시오. 너무 많아도 재미없으니……"

한다.

말소리가 부드럽고 조용하였다.

"서동권이 뽑게."

"서동권이가 빠져 되겠는가."

소리가 여기저기서 난다.

"자, 그러면 네 사람 다 되었네. 서동권이, 김병수, 이재표 다 이리 나오소."

장덕삼이는 자기가 먼저 한편으로 따로 서며 세 사람을 부른다. 보안계 주임이 앞장을 서고 중정 대리와 네 사람이 뒤따라 서장실로 들어가는 뒤를 바라보며 그들은

"이 사람들 하나도 빼지 말고 자세히 이야기하

소."

"그 도적놈에게서 단단히 다짐받아 가지고 나오게."

"어떻게든지 오늘은 끝나도록 해가지고 나오게."

이러한 소리로 대표들의 마음을 격려하여 주었다. 보안계 주임의 안내로 그들은 서장과 마주 앉게 되었다. 사십여 세나 되어 보이는 서장은 몸을 들어 앉은 채로 교의를 다가놓고는 무겁게 덜퍽 주저앉았다. 그리고 무테안경을 한 손으로 고쳐 쓰면서 헛기침을 두어 번 하더니

"자네들 국어 할 줄 아는가?"

하고 네 사람을 번갈아본다. 제일 나이 젊은 서동권이가 머리를 굽실하며

"네, 나는 좀 알아듣습니다마는 다른 세 사람은 잘 못 알아듣습니다. 통역을 한 분 세워주십시오."

하는 그의 말이 너무나 유창하므로 서장은 의외라는 듯이 동권이를 주의하여 보며 보안계 주임에게 무어라고 하니까 그가 나가더니 키가 작고 얼굴이 넓적한 형사 비슷한 자가 들어왔다. 서장은 그자를 통하여 무슨 일로 온 것을 물었다.

"네, 우리는 아시는 바와 같이 하수도 공사 일하는 노동자들이올시다."

제일 나이 지긋한 장덕삼이가 먼저 말을 꺼내었다.

"작년 십이월부터 일을 하기 시작하여 지금까지 넉 달이 되도록 돈이라고는 삼십 전 한 번 받고 쌀 두 되 받아먹은 것밖에는 삯이라고는 받아보지를 못하였으니 이런 노릇이 어디 있겠소?"

손바닥을 뒤집어 보이며 말하는 말소리가 차차 거칠어진다.

"그럴 리가 있는가?"

서장은 가볍게 말마디를 무지른다.

"그럴 리가 있다니오? 그러니까 중정이란 놈이 도적놈이란 말이오."

성질이 급한 이재표는 소리를 버럭 지르며 중정 대리를 노려보더니 다시 말을 계속한다.

"처음에는 삯이 하루에 칠십 전이니 얼마니 하던 것들이 칠십 전은 고사하고 삼십 전 받은 사람, 삼십오 전 받은 사람, 제일 많이 받은 사람이 오십 전 받았는데 이것도 꼭 한 번밖에 받은 일이 없고 삯전 대신으로 쌀을 받아먹었다 해야 그게 어디

쌀이랍데야? 흉악한 싸라기* 두 되 받은 일밖에 없으니 그래 죽도록 일하는 놈은 죽어가며 외상 일만 하라는 법이 어디 있단 말이오?"

그는 서장이 그의 상대자인 청부업자나 되는 듯이 눈을 부릅뜨며 얼굴에 핏대를 올려가지고 말하였다.

"그것이 정말이오?"

서장은 한풀 죽어 앉았는 중정대리에게 물었다.

"네, 어찌 그렇게 되어버려서……"

그는 머리를 득득 긁으며 말끝을 흐려버린다.

"이놈, 너도 속은 있어서 말을 우물쭈물하는구나. 넉 달 동안에 돈 한 푼 안 주는 벼락 맞을 놈이 어디 있단 말이냐?"

이번에는 김병수가 그 우렁찬 목소리로 대어들었다.

"싸움하듯이 그런 욕 하면 안 돼."

서장은 점잖게 병수를 제재한다. 저편 유리창 밖에서는 동무들이 왔다 갔다 하며 방 안을 들여다보기도 하고 말소리를 들으려는 듯이 귀를 기울

---

\* 부스러진 쌀알.

이기도 한다.

"그러니까 말이오. 서장 영감, 제 말을 좀 들어 봅시사. 그래 넉 달 동안 일은 시키고 삯은 안 주니 누가 그놈의 일만 할 수가 있겠느냐 말이지요. 전표만 날마다 주면 종이를 씹어 먹고 살 수 없고 그 전표를 팔든지 잡히든지 해먹었자 결국은 손해뿐이지, 입에 들어오는 것은 없이 공으로 일만 하면서도 감독과 십장들에게 까딱하면 두드려 맞고 잔소리 듣고 거 무어 압제라니 말할 수가 없소. 우리 같은 사람은 객지라 싸라기밥이나마 한바\*에서 얻어먹고 일했지마는 덕삼이 재표 같은 처자 있는 사람들은 거참 굶기가 일쑤지라우. 인제는 일도 더 할 수 없고 속기도 그만 속아 넘어갈 터이니 이 도적놈에게서 이때까지 일한 우리 삯이나 받게 해 주시라고 이렇게 밝고 밝은 법 밑으로 원정 온 것이올시다."

합장하듯이 손을 합하여 능청맞게 허리를 구부리며 병수는 말을 마치었다. 간간이 밖에서 떠드는 소리가 들린다.

\* 공사 현장의 노무자 합숙소를 가리키는 일본어.

서장은 빨아들였던 담배 연기를 천천히 뿜으며 기침 한 번을 크게 하더니 두 손을 깍지 끼어 테이블 위에 올려놓으며 중정대리를 돌아보면서

  "그러면 그것이 정말이라니 어째서 그렇게 되었단 말이오?"

  하고 묻는다.

  중정대리는 휘청휘청하도록 큰 키와 몸에는 어울리지도 않게 방정맞게 고개를 연방 쪼으며

  "네 네, 저 역시 남의 밑에 있으니까 시키는 대로 할 뿐이지, 어찌 제 마음대로 할 수가 있겠습니까? 일이 이렇게 된 이면에는 내용이 있습니다."

  하고 손수건으로 이마의 땀을 씻는다. 삼월 하순이라 서장실 한쪽 난로에는 아직도 불이 피어 있는 일기이언마는 그는 속이 쪼달려 그런지 이마와 콧마루에 땀방울이 솟아올랐다.

  "그러면 그 내용이라는 것은?"

  서장이 묻는 보람도 없이 중정대리는 말하기를 꺼리는 듯이 입맛만 다시고 있다. 서장은 다시

  "자, 그 내용을 말해보시오."

  재촉하여도 그는 오히려 주저하더니 마지못하여

  "처음에 중정이가 부청과 계약하기는 칠만 팔천

원에 청부하기로 하여 금년 오월 말일까지 준공하기로 계약이 되었었습니다."

하고 말을 시작하였다.

통역을 통하여 말을 하게 되는 자리인지라 서동권이는 속으로 합당치 못하게 생각하였다. 서장이 자기 동무들에게는 하대하는 말을 쓰고 중정대리에게는 경어를 사용하는 것이 대단히 비위에 거슬렸다. 더구나 통역이 서툴러 일본말로 듣고 나서 통역을 듣게 되면 시간도 지루할 뿐 아니라 긴장미가 몇 배나 감하여 마음대로만 한다면 동권이 자기가 나서서 통역도 하고 싶고 말대꾸도 하고 싶었지마는 말할 기회가 오기까지는 참을 수밖에 없었다. 그러노라니 십구 세밖에 되지 않은 동권으로는 이 자리에 차분히 앉아 있기가 몹시 안타까웠다. 서장의 무표정한 뚱뚱한 얼굴을 건너다보다가 세 동무의 긴장한 눈들을 돌아보기도 하고 중정대리의 얍슬거리는 입을 노려보다가 잔뜩 빼면서 길게 말하는 통역하는 자를 눈 흘겨보기도 한다. 마음에 마땅치 못한 말마디에 가서는 헛기침도 하고 손도 비비어보았다. 유리창 밖에서는 동무들이 추운 듯이 팔짱을 끼고 여전히 왔다 갔다 하며 혹은 주먹을 휘둘러 보이기도 한다. 날이 갑자기 흐려지며 바람이 일어나는 모양이다.

삼백 명의 노동자들이 동맹파업을 단행하고 이처럼 격분하여 경찰서에 쇄도하게까지 된 하수도 공사의 내막은 이러하였다.

실업 노동자들을 구제하기로 목적한 하수도 공사가 근년에 유행과 같이 각처에 일어났다. 목포부에서도 실업 구제의 하수도 공사를 시작하게 되어 중정이라는 자와 칠만 팔천 원의 경비로 육 개월간에 공사를 준공시키기로 청부 계약이 성립되었다. 중정이는 칠만 팔천 원의 사 할은 자기 주머니 속에 따로 떼어놓고 나머지 사만 칠천팔백 원으로 공사를 끝마칠 예산을 세웠다.

그러나 그는 돈이 없는지라 산본山本이라고 하는 자를 전주錢主로 하여 우선 일만 팔천 원을 얻어가지고 보증금으로 전부 경비의 십 분의 일, 즉 칠천팔백 원을 목포부청에 납입하고 나머지로 목포 등지에서와 나주 등지에서 삼백 명의 노동자를 모집하여 공사를 시작하되 삼부로 나누어 판구坂口, 복부服部, 영정永井 세 사람에게 삼조감독三組監督을 시켜 각각 십장과 노동자들을 두어 시작하게 하였다. 처음 부청과의 계약에 노동자의 임금은 기술 노동자와 십장은 매일 일 원 이상이요, 보통 노동자는 최하 칠십 전으로 정한 것이나 중정의 비밀 주머니 속으로 들어간 삼만 일천이백 원의 큰 구멍을 감쪽같이 때우는 오직 한 가지의 길은 가련한 노동자의 피땀의 삯전에서 착취하는 수단밖에 없었다. 그러므로 그들은 오십 전 이하 삼십 전까지의 적은 삯에 목을 매고 유달산에서 사정없이 내려 닥치는 찬 바람과 뒷개 벌판에서 몰려오는 눈보라를 맞으며 꽁꽁 얼어붙은 땅을 파기 위하여 종일 곡괭이질과 남포질로 흙을 파며 돌을 뜨기 시작한 지 석 달 동안에 삯이라고는 돈으로 한 번 받고 십이 전짜리 (보통 쌀 십칠 전 할 때) 싸라기로 한 번 받은 일밖에 없었다. 중정이는 목포 공사 외에 보성 벌교에 다시 하수도 공사 청부를 맡아 그곳에 현금을 쓰느라고 노동자들의 임금 지불의 기한을 내일이니 모레이니 미루어 속여오는 한편 중정의 전주인 산본의 서기 등촌藤村이가 중정이를 몰아내기 위하여 산본에게 권고하기를

"중정에게 자본을 대어주다가는 나중에 한 푼도 받지를 못할 것이니 차라리 당신의 이름으로 청부

명의를 하는 것이 옳다."

하므로 산본이가 출자하기를 그치어 중정의 돈길이 끊어졌었다. 죄 없는 노동자들은 삯은 받지 못하고 전표만 매일 받아가며 고픈 배를 움켜쥐고 뼈가 닳아지도록 외상 일을 하되 걸핏하면 십장과 감독에게 두드려 맞으며 압제만 당할 뿐이니 그들도 종시 피가 있는 젊은 사람들인지라 어찌 영구한 허수아비가 될 뿐이랴. 석 달째 되면서부터는 태업하기를 시작하여 기분이 불온하다가 넉 달 되는 삼월 하순에는 삼조의 동맹파업 기분이 농후하여졌다. 부청에서 이 소식을 듣고 현장 시찰을 하기 위하여 북천北川 토목과 주임이 출장하여 보니 오월 말에 준공한다는 공사가 아직 호리가다*도 끝나지 못하고 있으며 게다가 좋지 못한 말까지 있으매 중정의 청부 계약을 해약시켜 버렸다. 이러한 내막을 자세히 알게 된 노동자들은 이 뜻밖에 해약된 소문을 듣자 일제히 동맹파업을 단행하고 중정조 사무실에 몰려가 중정대리를 붙잡고 이때까지의 임금을 지불하라고 격렬히 육박하다가

* 건설업에서 '터파기'를 뜻하는 일본식 용어.

결국 경찰서에까지 이르게 된 것이었다. 서장에게 그간의 내용을 말하는 중정대리는 비밀한 사기 행동의 말은 물론 하지 않고 다만 산본의 말과 청부계약의 해약당한 말만 대강 이야기하여 동맹파업의 동기를 말하였다.

참을 수 있을 때까지 참느라고 애를 쓰던 동권이는 더 참을 수 없이 감정이 폭발되었다.

"거짓말 말아라. 너도 중정이와 한 놈이 아니냐. 왜 더 비밀한 말까지 할 수 없느냐. 너도 양심은 있어 옳고 그른 것은 아는 모양이지. 그러면서도 우리 노동자들에게는 그러한 사기 수단을 쓰지 않았느냐?"

주먹을 쥐어 중정대리를 겨누며 유창한 일본말로 직접 대어들었다. 통역자가 깜짝 놀란 듯이 눈을 크게 떠서 동권이를 훑어본다.

"하여간 그만큼 들으셨으니 부윤을 불러다 주십시오. 오늘 우리가 서장께 면회한 목적도 부윤과 직접 담판하여 그 책임을 물으려고 온 것입니다."

처음에는 조선말로 동무들 알아듣게 해놓고 다시 일본말로 서장에게 청하였다. 덕삼이와 재표, 병수도 말끝을 달아 부윤 불러주기를 청하였다.

서장은 통역자를 쳐다보며

"좌우간 한번 쌍방의 말을 잘 들어보아야 알겠으니 부청에 전화를 걸어 토목과 주임을 오도록 하여주게."

하니까 그는 나갔다가 들어오더니 허리를 굽실하며

"북천 주임이 곧 오시겠다고 하십니다."

하고 여쭈었다.

십 분쯤 지난 후 밖에서 갑자기 떠드는 소리가 나며 중정대리와 거진 비슷한 키와 몸부피를 가진 북천 주임이 서장실에 나타나 서장과 상대하여 앉았다. 서장은 노동자 측의 요구와 중정대리의 변명의 내용을 말한 후

"중정과의 정식 해약이 되었습니까?"

하니까 북천이는 큰 눈을 황당하게 더 크게 뜨며

"아닙니다. 아직 정식 해약의 선언은 하지 않았습니다."

한다.

"그렇다면 해약 송달을 하기 전에 노동자들의 임금을 먼저 지불하여야 되지 않겠소?"

"그렇지만 어디 그렇게 할 수가 있겠습니까?"

"아니, 그러나 이때까지 한 번밖에 받지 않았다는 것은 너무나 지독하지 않소? 중정의 보증금에서라도 임금 지불을 하도록 하시구려."

"그러나 해약하게 된다면 중정의 보증금은 몰수하는 것이니까 그럴 수도 없게 되지요."

동권이 외의 세 사람도 말을 약간 알아듣기는 하는지라 북천이와 서장의 말하는 입만 바라보고 있던 네 사람이 주임의 성의 없는 말을 듣자

"그것은 안 될 말이오."

하고 소리쳤다. 동권이는 자리에서 벌떡 일어서며

"여보 주임, 참 당신은 너무 책임 없는 말을 하오그려. 그래 그것이 실업 구제라는 이름 좋은 하수도 공사의 내막입니까? 중정이는 칠만 팔천 원의 사 할을 혼자 떼어먹고 나머지로 역사하느라고 칠십 전 이상의 임금을 삼사십 전으로까지 감하여놓았나요. 그나마 매일 지불도 하지 않고 전표만 줄 뿐이었고 받은 것은 돈으로 한 번 쌀로 한 번 두 번뿐이었소. 그뿐인가, 삼십이 전짜리 전표를 가지고 쌀을 받을 때는 한 되 십이 전짜리 싸라기를 십오 전에 주면서도 두 되에 삼십 전이면 이 전이 남

는데 그 이 전까지 집어먹어 버리는구려. 전표가 많거나 적거나 다 그렇게 당하였소. 그래 하루 종일 굶어가며 죽도록 당신네 일만 하는 것이 노동자의 실업 구제 목적인 하수도 공사이오?"

그의 목소리는 흥분된 나머지 떨리기까지 하였다. 서장이 무슨 말을 하려 할 때 동권이는 얼른 다시 말을 계속한다.

"그래 그놈의 돈도 못 받는 전표는 무엇에 쓰란 말이오? 정 군색할 때는 삼십오 전이면 삼십 전에 잡혀먹고 사십칠 전이면 사십 전에 팔아도 먹어보았소. 그래도 한 사람 앞에 수십 장씩 다 가지고 있는 전표를 감쪽같이 사루어버려 주었으면 아주 고맙겠지요? 당신네가 중정이를 해약시킬 터이면 우리의 임금 지불을 끝내놓고 하여야 정당한 처리가 아니오? 당신네 손해 보지 않을 일만 생각하고 수백 명의 굶는 일은 생각지 못하오? 보증금에서 주라니까 무어, 그것은 압수니까 안 되어? 그래 당신네 먹을 것은 칠천팔백 원 딱 떼어놓고 삼백 명의 임금은 모른 척하려고 드니 정말 책임자인 부청 당국자는 중정이와 합동하여 삼백 명의 목을 졸라매어도 관계없습니까? 서장! 이런 불법자들도 가만두어야 옳습니까?"

그는 주먹으로 책상을 치며 입으로 불을 뿜는 듯이 북천이와 서장에게 질문하였다. 북천이가 오자 밖에 있는 노동자 측의 태도가 불온한 것을 보고 서장실에는 보안계 외의 각계 주임과 형사들이 들어왔다가 동권이가 책상을 치며 힘 있는 말소리를 계속할 때 방 안은 잠잠하였고 밖에 있는 군중은 유리창으로 몰려가 들여다보다가 동권이가 말을 마치자

"옳다! 그렇고말고. 어서 삯을 내놓아라. 안 준다는 법이 어디 있느냐."

"버러지같이 보이는 우리라도 너희가 와락 그렇게는 못할 것이다."

하며 떠들어대는 것을 형사들이 밖으로 나가 제재하였다. 북천이는 동권이를 건방지다는 듯이 노려보더니

"나 역시 나 한 사람의 결정으로 못하는 것이니까 딱합니다마는 임금은 전부 얼마나 된다 합니까?"

정작 상대자는 그만두고 서장에게 향하여 묻는다. 네 사람은 삼백 명의 전표 계산서를 내어놓았

다. 북천이는 앞으로 다가보며

"일천사백 원……"

하고는 잠잠하게 앉았다.

북천이는 서장 이하 모든 사람 앞에서

"닷새 이내로 중정이로 하여금 임금을 전부 지불하게 하되 만일 중정이가 할 수 없을 경우에는 부청에서라도 책임지고 지불하겠다."

는 선언을 하였다. 삼백 명은 북천의 그 선언을 듣고서야 경찰서에서 몰려갔다.

삼부 노동조합 사무소를 나온 동권이는 심한 피로를 느끼었다. 계모의 야단치는 서슬에 아침밥도 받았다가 그냥 내놓고 점심도 굶은 데다가 저녁 때도 지난 황혼이 되고 보니 시장기가 몹시 들 뿐 아니라 경찰서에서 너무 흥분하였던 탓인지 열까지 오르는 듯하여 오늘 밤은 집에 가는 길이 더 험하고 돌멩이도 많은 것같이 생각되었다. 사립문을 힘없이 젖히고 들어서는 동권이를 보자

"오늘은 돈푼이나 생겼는가 부다. 인자사 어슬렁어슬렁 들어오게……"

하며 계모는 밥상을 마루 밑 부엌에 섰는 딸에

게 내어주더니

"그래 오늘은 돈을 꼭 탄다고 하더니 얼마나 가지고 왔냐?"

하고 마루에 걸어앉은 동권이를 휙 돌아본다.

"흥, 돈?"

하는 소리가 동권의 입에서 새어 나왔다.

"무어? 어째? 흥, 돈? 아따, 이놈 봐라. 이놈이 인자 조소까지 하는구나. 그래 돈 돈 하니께 돈에 미쳤다고 조소하는 셈이냐?"

계모는 넓적한 입을 악물고 요망스럽게 생긴 눈을 똑바로 떠 동권이를 보며 체머리를 살살 흔든다.

"누가 조소했소? 돈도 못 탔는데 돈 말하니께 얼척 없어 그랬지."

"옳다, 말대답 잘한다. 돈을 타서 까먹어버리고 조소를 하는지 참말로 못 탔는지 뉘 아들놈이 네 말을 곧이들어."

동권이는 말할 기운도 없거니와 조석으로 얼굴만 대하면 언제나 당하는 노릇이라 시들하다 싶은 듯이 잠자코 앉았다.

"돈도 못 타고 일도 안 하면서 진즉 와서 밥이나 퍼먹을 것이지 어디 가 자빠져 놀다가 인자사 깔대와. 딴 상 차리기 좋은 사람은 어디가 있냐. 종년이나 하나 데려다 놓았는가 보구만. 응 아니꼽게……"

하면서 방정맞게 작은 제 키만 한 담뱃대에 불을 붙이려고 부엌으로 들어간다.

"어머니, 무슨 그런 말을 다 하시오. 그만해두시오. 오빠는 어서 방으로 들어가서 밥 먹우."

계모가 데리고 온 딸인지라 어머니 하는 말이 온당치 못하게 생각된 딸은 자기 어머니에게 은근히 소리하며 밥상을 들고 섬돌로 올라온다.

"무엇이 어째? 주제넘은 년, 너는 가만히 자빠졌어. 편 들어주면 고마운 줄 알께비?"

하고 담배를 뻑뻑 빨아 붙이더니 다시 고개를 돌려 동권이를 흘겨보며

"이때까지 키워놓은 공 갚음하느라고 흥, 돈? 하면서 코웃음 치는 것 봐. 이놈아, 뭐 공으로 큰 줄 알고 인자는 조소까지 해. 되지못한 건방진 놈의 자식."

하면서 담뱃대를 들고 일어선다.

"그만저만해 두소. 종일 굶은 놈 저녁이나 먹으라고……".

방에 들어앉았던 동권의 아버지가 듣다못하여 말하였다.

 "무어? 종일 굶은 놈? 누구는 배 터지는 사람 보는가? 이녁 아들이라고 편 짜놓는구만. 그만저만 해 두제, 누가 제 아들 뜯어먹는다고."

 "어머니, 그만두시란 말이오. 큰방 아주머니 부끄럽소. 오빠는 들어가 밥 먹으라니께야."

 "이 가스낭 넌이 왜 이렇게 볼게진다냐. 늙은것 젊은것 나 하나 가지고 지랄들을 하네. 에— 내가 죽어사 요런 놈의 꼴을 안 보지."

 하면서 방으로 들어간다. 아버지는 동창으로 고개를 내어밀고

 "이놈아, 들어와서 밥 먹으라는 말이다. 배가 안 고픈 것이로구나. 그렇게 넋 빠치고* 앉았게……"

 한다. 고개를 수그리고 앉았던 동권이는 그제야 일어나서 방으로 들어와 밥상을 받아 막 한 숟가락을 떠서 입에 넣으려니까

 "어멈 보고 비웃던 아가리라 밥은 잘 들어가는구나."

---

 \* 빠뜨리고. '빠치다'는 '빠뜨리다'의 방언.

하는 소리가 나자 아버지에게서 재떨이가 날아와 종알거리는 계모의 어깨를 툭 치고 떨어진다.

"빌어먹을 년, 그만두라고 해도 너무 지랄한다. 요망스럽게 계집년이 왜 그리 지랄이냐?"

계모는 악이 나서 파랗게 질린 입술을 악물고 재떨이를 집어 영감에게 도루* 던진다는 것이 동권이의 밥상에 떨어져 김치 그릇이 와자지끈하고 깨어지며 김치 국물이 쏟아진다. 동권이는 벌떡 일어나며

"에이 참, 해도 너무한다. 원, 사람을 볶아도 분수가 있어야지."

하면서 밖으로 나가니까 계모는 앉은걸음으로 문턱까지 쫓아 나오면서

"무어 너무해? 사람을 볶아? 저 사람 잡아먹을 놈이 제 에미 잡아먹고도 못마땅해서 생사람 잡아먹으려고 볶는다는 것 봐. 에이 못된 놈, 이놈! 이놈!"

하고 깨어진 쇠그릇 소리 같은 목소리를 힘대로 놓아서 악을 쓰며 마룻바닥을 친다.

* '도로'의 방언.

"이년, 요망스럽게……"

동권이의 아버지가 벌떡 일어서 발길로 차니까 딸이 뛰어오고 큰방 사람이 몰려온다. 계모는 영감에게 덤비어 물어뜯으며 주거니 받거니 잠시간 격투가 계속되었다. 동권이는 말없이 운동구쓰\*를 신고 계모의 폭악스러운 울음소리를 뒤로 사립문 밖에 나와서 불만 반짝이는 기왓가마 동리를 내려다보고 한숨을 휘 내어쉬노라니까 계모의 데리고 온 딸 희순이가 따라 나와 소매를 잡아당기며

"오빠! 어디 가지 말고 거기 좀 섰다가 밥이나 먹고 나가요. 종일 굶고 저녁까지 안 먹어서는 안 돼요."

하면서 고개를 수그리고 손으로 눈물을 씻는다. 약혼한 처녀인지라 치렁치렁한 검은 머리와 발육 좋은 등허리 어깨는 처녀의 황금시대의 아름다움이 서리어 있다.

"어머니가 그러시는 것은 항상 하는 말이지마는 도모지\*\* 대꾸를 말고 그저 지나가는 사람의 짓으

\* '구쓰'는 '구두'의 일본어로, 가죽을 재료로 만든 서양식 신발.

로만 알으란 말이오. 그러니까 너무 속상하지 말고 밥이나 먹고 나가요."

그는 오늘 저녁에 분투하고 온 오빠를 먹이려고 바느질품을 팔아 모아놓은 귀한 돈에서 그의 좋아하는 저육***을 사서 찌개를 해놓았던 것이다. 모처럼 들여놓은 정성이 깨어지게 될 때 처녀의 마음에는 애달프게 생각되었다. 동권이 역시 밥상에서 잠깐 본 저육 생각을 하든지 몸을 지탱하지 못하도록 시장함이라든지 사실 그렇게 할까도 생각하여 망설이는 차에 안에서 들리는 울음소리가 뚝 그치더니

"희순아! 이년 어데 갔냐."

하고 부르는 소리가 들린다. 희순이는 놀라

"꼭 그래요, 응? 조금만 있으면 조용해질 것이니까 큰방으로 들어와서 밥 먹고 나가요."

하고 가만히 소리하며 안으로 들어갔다.

"무엇 하려 깔대 다녀? 서방 찾아 다니냐?"

하는 계모의 소리를 듣고 동권이는

---

** '도무지'의 옛말.
*** '제육'의 원말.

"에익, 더러운 여편네."

하며 기침을 한번 칵 하여 더럽다는 듯이 침을 탁 뱉고 발걸음을 옮기었다. 윗길로 사무소에를 갈까 용희의 집 앞으로나 지나보게 아랫길로 갈까 망설이다가 아랫길로 발길을 돌리어서 두어 걸음 내려오는데 용희의 집 대문 처마 밑에서 검은 그림자 하나가 나오더니 마주 올라온다.

동권이는 그냥 지나치려고 지나오는데

"동권 오빠 아니야?"

하는 소리는 용희의 소리다.

"응? 이게 누구여, 용희?"

극한 반김에 동권이는 하마터면 용희를 안을 뻔하였다. 그는 스스로 놀라 조금 물러서며

"그래 어디 가는 길이여?"

하고 처녀의 동그스럼하고 하얀 얼굴을 내려다보았다.

"아니, 하도 희순이 집에서 야단이 나길래 여기까지 와보았어. 그런데 밥도 안 먹고 어디 가는 길이야?"

하고 쳐다보는 그의 눈은 캄캄한 속에서도 반짝인다.

"밥을 먹었는지 안 먹었는지 어찌 알아?"

두 사람의 발길은 용희의 대문 앞으로 향한다.

"내가 그 집 문 앞까지 가서 다 들어보았지 어째."

그는 한 손을 입으로 올리며 웃는 모양이다. 대문 앞까지 와서 용희는 싹 돌아서 대문을 달각 밀더니

"자, 우리 집에 좀 들어가."

한다.

"무어? 집에 들어가? 다들 어디 가셨길래."

"할머니하고 어머니는 오늘이 큰댁 제사라고 아침부터 계순이 데리고 가시고 종일 나 혼자 있었는데…… 어머니는 새로* 한 시에나 오시고 할머니는 내일 오시니까 오늘 밤에는 용기하고 나밖에 없어. 들어가, 어서."

응석하듯이 재촉한다. 동권이는 오히려 들어가기를 주저한다.

"용기도 아까 큰댁에 보내면서 놀다가 오라고 했으니까 어머니하고 같이 오기나 할꺼, 어서 들

---

* 열두 시를 넘겨 시각이 시작됨을 이르는 말.

어와. 남들 지나다가 보겠구만그래."

이제는 대문 안에 들어가서 손을 잡아끌듯이 재촉한다. 동권이는 마지못하여 들어가면서도 어쩐지 서먹서먹하여진다. 용희는 팔짱을 끼고 앞서서 대청마루를 지나 자기 방인 뜰아랫방으로 들어간다. 걸음 걸을 때마다 용희의 머리채가 발뒤꿈치에 치렁거리는 것이 안방에서 새어 나오는 불빛에 보인다.

전등불이 환한 방 안에 들어선 동권이는 먼저 이상한 향기에 취하는 듯하였다. 용희는 아랫목을 가리키며

"거기 앉어요."

하고 부끄러운 듯이 손으로 입을 가린다.

'앉어요'란 말이 서툰 까닭이다. 그가 동권에게 경어를 마음 놓고 한번씩 쓰게 되면 쓴 후에는 반드시 이렇게 부끄러운 태도를 가지면서 손으로 입을 가리고 웃는 것이 그의 버릇이다. 동권이가 용희의 앉으라는 자리로 앉으니까

"잠깐만 혼자 앉었어. 나 얼른 밖에 갔다 올게."

하고 옥색 저고리 소매를 걷으며 분홍 치맛자락을 걷어지르면서 문을 닫고 나가더니 발자취 소리

가 저편 모퉁이로 사라진다. 동권이는 방 안을 둘러보았다. 이 집에 오기는 여러 번이었으나 이 방은 처음이다. 처녀의 방인 만큼 방에 놓인 것이 모두가 고운 것이었으나 제일 눈에 띄는 것이 불란서 자수 바탕으로 만든 책상보와 그 위에 모양 있게 꽂아놓은 많은 책이었다. 어떻게 언제 저렇게 많은 책을 구하였는가 동권이는 속으로 놀래었다. 벽에는 사진틀이 하나 걸리었고 이쪽저쪽으로는 남치마 노란 저고리 등이 걸리었다. 나무 꺾는 소리가 들리면서 어느 틈으로인지 연기가 새어 들어온다. 책상 위에 놓인 시계는 여덟 시다. 동권이는 일어나 책을 검사하여 보니 한편으로 독본과 일본말 부인 잡지가 몇 권 있는 외에 모두가 고등 정도의 문학서류였다. 아무래도 전문 정도의 누구가 배경에 있구나 생각을 할 때 어쩐지 마음이 좋지 못하였다. 좀 더 뒤적이려니까 문이 열리며 용희가 들어왔다. 그는 밥상을 무거운 듯이 들어다가 아랫목에 놓으며

"자, 밥 먹어. 아까 희순이가 그러는데 아침도 안 먹었다니 얼마나 배가 고플까?"

하면서 밥그릇 뚜껑을 벗겨놓는다.

"무어? 밥? 아니 잠깐 놀다가 갈 터인데 밥이 무어야, 그러다가 누구나 오면……"

하면서도 김이 무럭무럭 나는 밥과 국이며 상으로 가득한 반찬을 볼 때 발걸음은 저절로 아랫목에 와 밥상 앞에 앉아졌다.

그만큼 동권이는 극도로 배가 고팠던 것이다.

"오기는 누가 와. 아무도 오지 않을 것이니 안심하고 밥이나 잘 먹어. 또 오면 어째? 밥 먹는 것이 무슨 죄인가. 안 그럴 것 같아도 겁이 퍽 많네."

하며 흘기는 듯이 동권이를 보더니

"어서, 자 숟가락 들어. 식는구만그래."

하고 숟가락을 들어준다. 동권이는 받아서 먹기 시작하였다.

"반찬이 퍽 걸다. 용희는 항상 이렇게 먹는가?"

용희를 보고 빙그레 웃으며 우선 곱게 썰어놓은 저육을 집어다가 맛있는 듯이 먹는다.

"다른 반찬은 어머니가 나 먹으라고 먼저 보낸 것이고, 그것 말야."

하고 손가락으로 집어 가는 저육을 가리키며

"그것은 아까 희순이가 오빠가 제일 좋아하니까 준다고 사기에 나도 장사 데리고 와서 샀지."

하면서 상긋 웃는다.

"내가 좋아한다니까 나 주려고 샀어?"

"그럼. 아까부터 희순이 어머니가 막 욕을 하고 오면 죽이니 어쩌니 하도 벼르기에 또 야단이 나서 저녁도 못 먹을 줄 알고 내가 차려두었다가 주려고 마음먹고 샀는데."

"저런. 참 용하네, 어찌 그리 잘 알까?"

농담과 같이 말은 던졌으나 아닌 게 아니라 정성을 다하여 미리 준비하여 두었던 밥상이라는 것을 영리하고 예민한 동권이가 모를 리가 없었다.

"하여간 고맙네. 용희가 아니면 누가 나를 그렇게 생각하겠는가?"

동권이는 의미 있게 용희를 바라본다. 용희도 마주 바라보다가 부끄러운 듯이 눈을 물주전자 위에 떨어뜨리며 손으로 주전자 몸뚱이를 만져본다.

밝은 불 밑에 가까이 앉혀놓고 보니 열일곱 살 된 처녀로는 한 살 위인 희순이보다도 더 처녀답게 예쁘고 의젓하였다. 작년 추석 때 일본서 막 나와서 얼마 안 되어 동권이의 아버지는 섬으로 일하러 가고 계모는 동권의 누님의 아기 받으러 가고 희순이와 둘이만 있을 때 보름 동안을 날마다 두 처녀에게 가르치느라고 한방에 앉아 놀아보았고 그 후로도 가끔 만나기는 하였으나 말조차 변변히 건네보지 못하다가 일 시작한 이후로는 새벽에 나가고 밤에야 들어오게 되므로 마음으로만 간절히 사모하였을 뿐이요, 마주 보지도 못하였다. 그러던 두 사람이 오늘 밤 빈 집 안, 밝기 낮과 같은 방 안에 단둘이 앉아서 밥을 먹으며 농담까지 하게 되니 동권이나 용희는 꿈과도 같이 생각하였다. 용희는 동권의 밥 먹는 모양을 옆으로 바라보면서 가슴이 쓰리었다. 작년 이래 과연 그는 얼굴이 몹시 파리하여지었다. 나가서는 힘에 겨운 일이요, 들어오면 계모의 달달 볶는 솜씨, 놀 때는 논다고 잔소리요, 일하니 돈 타 오지 않는다고 성화이다. 그에게 오직 위안을 주는 희순이가 없었던들 그는 가정의 매일을 견디지 못하였을 것이요, 마음으로 생각하는 용희가 없었던들 그의 생활은 너무도 황량하였을 것이다. 이 두 처녀의 숨은 위안과 동정으로 그는 윤택 있는 정신의 생활을 하였을망정 심한 고역에 그의 얼굴과 손은 터지고 거칠어져 어려서의 귀엽던 모습과 상업학교 시절의 활발하던 기상이며 일본서 막 나왔을 때와 같은 한창의 청년미는 사라지고 빛나는 눈만은 그대로 있으나 이제는 검은 얼굴에 광대뼈까지 보이게 되는 한 건장한 노동자에 지나지 못한 것을 볼 때 처녀의 가슴은 터지는 듯이 아프며 눈물까지 핑 돌았다.

맛있게 한 그릇 밥을 다 먹고 난 동권이가 물을 달라려고 그릇을 들고 용희를 건너다보니 그의 예쁘고 맑은 눈에는 눈물이 고여 있지 않은가? 동권이는 그릇을 든 채 놀란 표정으로 용희를 바라보다가 그 표정은 차차 긴장하여지며 용희를 주목한다.

"용희?"

"……"

"웬일이여, 응?"

용희는 종시 말을 아니 하고 주전자를 들어 물을 따르며

"아이, 물이 다 식었네."

하고 주전자를 놓으면서 저고리 고름을 가져다가 가만히 눈물을 씻는다. 동권이는 이때까지 경험하여 보지 못한 야릇한 감정의 충동을 받았다. 그의 가슴에는 무엇이 쓰리게 내려가는 듯하며 목구멍이 갑자기 아픈 듯하여 물을 마실 때 기침을

두 번이나 하였으되 가슴은 더욱 쓰리며 두근거리기까지 하였다. 그는 마음을 가라앉히기 위하여 숨을 깊이 내어쉬며 상을 힘 있게 밀쳤다. 그러나 전에 없는 부끄럽고 침울한 태도로 소곳하게* 고개를 수그리고 치맛자락을 만지작거리고 앉았는 용희를 볼 때 가슴의 고동은 더욱 높아지며 그의 숨결까지 가빠지는 듯하였다.

"용희!"

그의 목소리는 가늘게 떨리었다. 그러나 용희는 대답이 없다. 웬일인지 '응?' 하고 대답할 수도 없고 '네?' 하고 대답하기도 부끄러웠다.

"왜 그래요."

눈살을 잠깐 찡기는 듯하며 그는 고개를 들었다.

"무슨 생각을 하고 눈물지어? 무슨 속상하는 일이 생기었어?"

한 손을 그의 어깨에 올려 용희의 얼굴을 들여다보며 가만가만 흔들었다.

"말을 해. 왜 그렇게 가만히만 있어?"

"아니, 무슨 별일이 있는 게 아니라 저……"

---

\* 고개를 귀엽게 조금 숙이다.

"저…… 무어, 응?"

"어릴 때 지내던 일과 지금의 일을 생각하니까 공연히 눈물이 나요."

그는 다시 손을 올려 입을 가리고 웃으나 눈에는 새로운 눈물이 고여 있다. 용희의 비단결같이 고운 심정을 살핀 동권이는 더욱 견딜 수 없이 가슴이 뜨거웠다.

"용희! 그 심정을 내가 잘 알고 있소. 좌우간 나는 용희를……"

그다음 말의 대신으로 억센 그의 손은 부드러운 처녀의 손을 잡았다.

"몇 번이나 그러지 말자 하면서도 점점 더 용희가 그리워만 지니 이것이 못쓸 생각이 아니고 무어요?"

그는 더욱 힘 있게 꽉 쥐고 용희를 들여다보며

"그렇지? 못쓸 생각이지?"

하는 남자의 손을 살짝 뿌리치며 용희는 일어났다.

"쓸지, 못쓸지, 왜 나보고 물어. 생각해보면 알 터인데……"

성낸 듯한 표정을 보이며 그는 상을 들고 나간

다. 그의 뒷모양을 보며 동권이는 한숨을 깊이 내쉬고 시계를 보니 아홉 시나 되었다. 몹시 시장한 데다가 배불리 밥을 먹고 격렬히 흥분한 나머지 더운 방에 앉았으니 몸이 피곤하게 땅속으로 들어가는 듯하며 머리가 무겁고 정신이 몽롱하여진다. 그는 펄썩 주저앉아서 몸을 벽에 기대고 갈래갈래의 생각을 환상의 날개에 맡기고 눈을 감았다.

동권이와 용희는 죽동竹洞서 위아래 집에서 살며 어려서부터 친한 동무였다. 여덟 살 때에 동권의 어머니가 죽고 그 이듬해 희순의 어머니가 여덟 살 된 딸을 데리고 계모로 들어왔다. 그때는 가세도 넉넉하였다. 희순이와 용희는 한 해에 함께 보통학교에 입학하여서 동권이와 셋이 학교에도 같이 다니고 모르는 것도 배워가며 항상 정답게 놀았다. 동권의 누님이 시집가던 해 동권이는 보통학교를 졸업하고 상업학교에 입학하였으나 동권의 집안 형편은 차차 말 못하게 되어 오직 목수인 그의 아버지의 날품팔이만으로 네 식구 호구를 계속하게 되었다. 동권이가 삼 학년 되는 열일곱 살 되는 해 용희와 희순이는 보통학교를 졸업하였다. 얼굴도 쌍둥이같이 아름답거니와 재주까지 비슷하여 석차를 서로 다투었다. 그들은 가장 친한 동무였다. 용희는 경성으로 가기를 부모에게 청하였으나 그들은 귀한 딸을 떼어놓을 수 없다는 조건하에서 정명학교에 입학을 시키어 동권이와 용희는 아침이면 같은 방향으로 학교에 가게 되고 올 때도 흔히는 나란히 오게 되었다. 집에 들어앉게 된 희순이는 오빠와 용희의 학교 가는 뒷모양을 바라보며 마음 깊이 부러워하였다. 그는 자기 어머니와는 정반대의 너그럽고도 유순한 성질을 가져 동권이만 보면 잡아먹을 듯이 으르렁거리는 어머니를 속여가며 동권이를 극히 동정하고 이해하여 주매 동권이 역시 친누이같이 사랑하여 계모만 같고 보면 한시도 집에 있지 못할 것이로되 희순이라는 영리하고 의젓한 위안의 대상이 있기 때문에 평화한 심정을 가질 수 있었던 것이다.

그러나 이 학기가 될 때 현재 그의 가정 상태로는 도저히 학교를 계속할 수 없게 되어 퇴학하고자 하는 때 학교에는 의외의 사건이 일어나 존경하는 상급생과 동무들이 모조리 잡히매 열정적인 동권이는 남몰래 몇 번이나 주먹을 부르쥐다가 친한 상급생의 원조로 그해 겨울에 말 많은 가정과 고향을 떠나 동경으로 갔다. 그는 신문 배달을 하면서 아직 일정한 학교를 정하지 못하고 있을 때 어떠한 기회로 정이라는 한 지도자를 만나게 되었다. 그는 동권이와 동향인이요, 상업학교의 선배로서 일찍부터 머리가 명석한 수재라는 말을 동권이가 여러 번 들었던 터이다. 매일 방문하여 여러 가지를 배우는 동안 그의 머리와 성격에 깊이 열복하게 되었다. 그는 자기 아내와 고학을 하면서 사회과학 연구에 전력을 다하는 사람으로 동권의 유망한 소질을 사랑하여 정성껏 가르치며 지도하였다. 어린 몸으로 신문 배달을 하며 어학과 주의서적 연구에 힘쓸 때 고생도 심하였거니와 병도 여러 번 났었다. 그러다가 작년 여름에 어떠한 사정으로 정의 전 가족이 귀국하게 되매 그도 얼마 안 되어 뒤따라 돌아왔다.

그가 이 년간 동경 생활을 하면서 여학생들을 볼 때면 희순이와 용희의 천질을 아까워하여 편지로써 항상 격려하여 주었고 신문과 잡지 같은 것을 보내기도 게을리하지 않았다. 그렇게 잠시도 잊지 못하던 그들을 이 년 만에 다시 만날 때 먼저 놀란 것은 처녀답게 발달한 그들의 자태이었고 다음에 그들의 말없는 진보였다. 키가 크다는 죄로 학교까지 중지당하고 들어앉았는 용희를 대할 때는 희순에게 대할 때와 별다른 감정이 움직이었다.

용희 아버지는 여전히 죽동에서 포목 장사를 하면서 그들의 가족은 죽교리에 새집을 지어 이곳으로 왔으며 동권의 부모는 용희 어머니의 소개로 이웃집 방 한 칸을 얻어 이사 온 것이었다. 동권이가 귀국하여 보니 정든 자기 집은 없어지고 한 칸 방에서 부모와 자기 남매가 거처하게 된 고로 심한 불편을 느끼고 있는 한편 아버지의 일자리까지 드물게 되어 집안 형편이 더욱 말이 못 되었다. 이렇게 되니 그의 계모는 밤낮으로 동권이를 달달 볶기 시작하여 어느 날이나 풍파가 나지 않는 날이 없으매 동권이는 견디다 못하여 정의 양해를 얻어 십이월 하순부터 하수도 공사의 노동자의 한 사람이 된 것이었다.

희미한 추억의 갈랫길에서 헤매던 동권이는 갑자기 찬 것이 손에 닿을 때 깜짝 놀라 눈을 떠보니 자기 앞에 용희가 조심스럽게 앉아 그의 손을 자기의 손 위에 얹은 것이었다. 동권이는 몸을 일으키어 바로 앉으며

"추운데 무얼 하고 들어왔어, 응?"

하고 용희의 찬 손을 꼭 쥐어주었다. 그는 동권이를 쳐다보며

"글쎄, 아까 무어라고 했어?"

하고 손을 잡힌 채로 동권의 무릎을 지그시 누른다.

"또 듣고 싶어?"

동권이는 빙긋이 웃고 한 손으로 마저 용희의 남은 손을 잡으며

"최용희 씨를 생각지 말자 하면 그럴수록 더 그립고 보고 싶어 견디기 어려우니 나 같은 노동자가 부잣집 영양에게 짝사랑하는 것이 온당치 못한 일이 아니냐고 여쭈었습니다."

하니까 용희는 동권이를 물끄러미 바라보며

"그것이 농담이오? 참말이오?"

한다.

"내가 물은 말을 먼저 해야지, 글쎄 당하냐 못 당하냐 그러는 말이여."

"글쎄, 그것이 농담이냐 진담이냐 그러는 말이야."

"나는 진담이지 왜 내가 용희에게 농담을 해."

"그렇다면 나는 말하지 않을 터이니 알아서 하지 무엇 하러 내게 물어."

하며 손을 빼고 물러앉으려고 하는 것을 동권이는 더욱 힘 있게 잡으면서

"아니, 그러니까 말을 해보란 말이여."

하고 용희의 몸을 가만히 흔들었다. 용희는 고개를 수그리며

"글쎄, 나보고 물을 것 없이 알아서 하라는데 왜 그래요."

하는 그의 말소리는 약간 떨리는 듯하였다. 머리에 불티가 앉은 것이 별다르게 아름다웠다. 동권의 감정은 다시 용솟음치기 시작한다.

"용희! 나는 용희를 정말로 사랑하오. 그러나 나는 우리의 사랑이 현재 우리 정세에 합당하지 못하기 때문에 항상 스스로 억제하는 때가 많소. 그러나 용희는 어쩐지 누가 아오?"

"어쩌면 사람이 그래요, 번연히 알면서도 공연히……"

용희는 고개를 들어 원망스러운 듯이 동권이를 흘겨본다.

"그러면 용희도 나를 사랑한단 말이오?"

동권의 말소리는 떨리면서 모르는 사이에 그의 팔은 여자의 어깨를 안고 있다.

"나는 당신이 없이는 참말 살 수 없어요."

대담하게 말하는 그는 머리를 동권의 가슴에 묻으며 손으로 얼굴을 가리운다. 용희를 안고 있는 동권의 팔이 흔들리도록 처녀의 심장의 고동은 잦았다. 한참이나 지난 후에 용희는

"그런데 말이요, 어째 우리의 사랑이 합당하지 못하다고 그래요?"

하고 남자의 가슴에서 풀려 나와 바로 앉으며 물었다.

"그것쯤이야 용희가 생각해보면 알겠지. 지금 우리의 사랑이."

말을 마치지 않고 동권이는 귀를 기울이며

"누가 대문을 지긋거리지 않나?"

하니까 용희도 고개를 갸웃하자

"누님! 누님!"

하는 소리가 난다. 용희는 약간 놀란 표정으로

"용기가 왔어. 어쩔까?"

하며 동권이를 본다.

"어쩌기는 어째, 어서 가서 열어주지."

하고 그는 일어서며 시계를 본다. 용희도 따라서 보니 벌써 열 시다.

"그러면 그 말은 숙제로 두어요. 내가 지금 묻던 말은……"

그는 방문을 열고 나가며 말한다. 동권이도 따라 나왔다.

삼월 이십오 일―이날은 북천 주임이 삼백 명 노동자의 전부 임금을 책임지고 지불하겠다 하던 닷새 되는 날이다. 오전에 과연 영정조 사무실에 북천 주임에게서

"정거장 앞 ×상점으로 가서 받으라."

는 엽서 한 장이 왔다. 그들은 일제히 ×상점으로 달려가 엽서의 내용을 말하였다. 의외로 많은 방문객을 맞은 상점 사람들은 무슨 영문인지를 몰라 황망하다가 그 내용을 듣고는 눈들이 둥그래서 그런 일이 없다고 하였다. 이 말을 들은 삼백 명은 극도로 흥분하여 중정대리를 끌고 부청으로 몰려갔다.

"거짓말쟁이 북천이를 내놓아라."

"민중을 속이는 관청을 없이 하여라."

"부윤을 끌어내어라."

과히 넓지도 않은 부청 마당에 물샐틈없이 박혀서 각각 한마디씩 소리를 치며 와 하고 사무실 문으로 들어갔다. 사무원들은 깜짝 놀라 자리에서 일어나고 이 층에서들도 우당퉁탕하고 내려왔다. 부청 앞에 있는 도서관에서 책을 읽던 사람들도 뛰어나왔다. 부윤은 이 층에 숨은 듯이 앉았고 다른 계원들은 경찰서에 전화를 거느니 노동자들의 침입을 막느니 하고 요란스러웠다. 정복 사복의 순사와 형사가 오륙 명이나 달려와서 군중을 위협하였다.

"잔소리 말아라. 우리는 정당한 방법으로 우리의 임금을 찾고자 하는 것이다."

"대중을 속이는 것이 불법이지. 왜 우리가 불법이냐. 오늘은 세상 없어도 우리의 피땀의 값을 찾고야 말리라."

"어서 북천이를 내놓아라, 부윤을 끌어내어라."

위협도 권유도 그들에게는 아무 효력이 없었다. 고등계 형사의 한 사람이 현관 마루에 올라서서 두 손을 입에 대고 큰 소리로

"대표가 나오너라. 저번 날 서장에게 면회한 대

표 네 사람이 나와."

하니까, 잠깐 조용하여지며 네 사람의 대표가 나섰다. 형사는 네 사람을 보고

"자, 자네들 네 사람이 들어가서 북천 주임과 직접 면대하여 처리할 것이지 이렇게 몰려 들어가면 되지도 않을 것이고 또 법에도 걸리게 되는 것이니 모쪼록 조용조용히 하게."

한다. 경어를 쓰지 않는 것에 언제나 비위가 틀리는 동권이는 '건방진 놈' 하고 속으로 비웃었다. 네 사람은 토목과에 갔다. 북천 주임은 속으로는 놀랐을망정 겉으로는 흔연한* 태도로

"중정이가 돈을 가지고 그 상점으로 한 시까지 오마고 하였으니 그때까지 기다려볼 것이지 왜 이다지 야료하느냐.**"

고 도리어 책망하듯이 말을 던져버리고는 다른 일만 하고 있다. 네 사람은 하는 수 없이 한 시까지 기다리기로 하고 나왔다. 이날은 아침부터 날이 흐리고 춥기까지 하여서 밖에서 몇 시간이나 기다

---

\* 기쁘거나 반가워 기분이 좋다.
\*\* 까닭 없이 트집을 잡고 함부로 떠들어대다.

리기는 어려운 일이었다. 부청 바로 위에 오포산午砲山에서는 깜짝 놀라도록 큰 소리가 터져 나왔다. 오포는 전 시가에 울리며 각 공장의 기적도 따라 울리었다. 음식점 아이들이 각각 주문 들어온 음식을 들고 자전거로 왔다 갔다 하며 사무원들이 식당에 들락날락하는 동안에 점심시간도 끝난 모양이었다. 한 시가 되자 군중은 다시 끓기 시작하였다. 북천 주임이 나타나 그 큰 눈을 일부러 가늘게 떠서 좌우를 살피며 아첨하는 듯한 어조로

"지금 광주에서 전화가 오기를 세 시 차에 꼭 도착하마고 하였으니 미안하지마는 잠깐 더 기다려 주시오."

하였다.

"거짓말 말아라. 오늘도 또 속일 것이냐."

"오냐, 또 거짓말만 하여보아라."

무더기로 외치는 큰 소리를 뒤에 두고 북천이는 다시 들어갔다. 밖에서 기다리는 그들은 춥기도 하려니와 배가 고파서 견딜 수 없었다.

"밥을 내어라. 너희만 배부르게 먹고 우리는 누구 때문에 생배를 주리고 있는 것이냐."

군중은 와글와글 떠들다가 형사들의 제어로 겨

우 그쳤다. 형사와 순사는 그동안 두 번이나 번갈아 들었다. 도서관에서 글 읽던 사람들 중에서도 몇 번이나 나와 군중에게서 내막의 이야기를 듣고 놀란 사람들도 많이 있었다. 동권이는 정이 그의 친구인 김이라는 사람과 도서관에서 나오는 것을 보고 그에게 달려갔다. 그는 반기면서

"그래 차분히들 기다리고 있네그려. 퍽 얌전들 하이."

하고 그는 의미 있게 웃는다.

"어떻게 여기 오셨어요?"

"좀 틈이 있기에 와보았지. 그런데 언제까지 이러고들 있을 것인가?"

"글쎄요. 세 시 기차로 온다니까 할 수 없이 그때까지 기다릴 작정이올시다."

동권이는 추운 듯이 손을 싹싹 비비며 말하였다.

"이렇게 추운 날 밥들을 굶고 밖에서⋯⋯ 에익 참."

정은 입맛을 쩍쩍 다시며 시계를 꺼내어 보더니

"벌써 세 시 십 분 전이 아닌가? 또 언제와 같이 슬그머니 늘어져서는 안 되어. 모쪼록 끝까지⋯⋯"

하고 다음 말을 계속하려 할 때 고등계 형사가

가까이 오매 그는 슬쩍 말끝을 돌리어

"우편국에 왔다가 여기 누구 만나러 좀 왔었네. 자, 먼저 가니 천천히 오게."

하고 그는 김과 천천히 오포산으로 올라가는 뒷문으로 향하면서 군중을 슬슬 돌려보고 간다. 네 시가 거진 되어갈 때 군중은 다시 움직이었다. 대표들은 주임에게 갔다.

"주임의 책임 여하요? 우리는 이 이상 더 기다릴 수가 없소. 돌로 만든 사람이 아닌지라 춥기도 하려니와 배도 고플뿐더러 교활한 그대들의 수단을 생각하니 더 참을 수 없이 감정이 폭발되오. 이제도 우리에게 변명할 말이 있소?"

동권이는 힘 있게 들이대었다. 북천이는 머리를 득득 긁으며

"오늘에는 내라도 꼭 주선해서 지불하려고 하였으나 지금 현재 수중에 사백 원밖에 없으니 어떻게 하면 좋겠소?"

하며 네 사람을 본다.

"안 돼요, 안 돼. 다 내어야 되오."

병수는 주먹을 흔들며 반대하였다.

"아니, 세 시까지 온다던 중정이는 어찌 되었기

에 또 딴말이오?"

동권이는 다시 질문하였다. 주임은 한 계원을 시켜 다시 전화를 걸게 하였다. 중정의 대답은

"지금 대리가 돈을 가지고 자동차로 떠났다."

는 말이다. 대표들은 나와서 동무들에게 그 뜻을 전하였다.

위아래 층 사무원들도 각각 돌아가고 어느덧 전등도 켜지었으나 북천이는 군중의 기분을 아는 고로 돌아가지 못하고 있었다. 종일을 굶으며 찬 곳에서 기다리는 그들은 이제는 순사나 형사의 만류도 듣지 않고 떠들기 시작하였다. 자동차 소리가 뛰 하고 나며 정문으로부터 악마의 두 눈 같은 전등불을 가진 자동차 한 대가 천천히 올라오다가 소리치며 마주 달려가는 군중을 보자 딱 멈추며 키가 자그마하고 똥똥한 사람이 한 손에 가방을 들고 사무실로 들어갔다. 북천이와 중정대리는 그들 앞에 나타났다.

"오늘 피하지 못할 사정으로 현금 육백 원만 가지고 왔으니 먼저 받으라."

하였다. 군중은 다시 동요하였다. 북천이는 기침을 한번 크게 하며 소리를 높여

"떠들어서는 안 된다. 하여간 오늘 안으로 얼마든지 지불하게 되는데 왜 떠드느냐?"

하며 힐책하는 듯한 어조다.

"아니다. 네가 말하기를 오늘 안으로는 책임지고 전부 지불한다고 하였다. 우리는 전부 지불을 승인한 것이었고 일부의 지불을 서약한 것은 아니었다. 안 된다. 대중을 속이려고만 하는 너의 수단을 모르는 바는 아니로되 이렇게까지 속인다는 것은 너무나 지독하지 않으냐, 전부 지불을 하지 않으면 우리는 여기서 야경할지언정 부청과 너희를 떠나지 않을 것이다."

우렁찬 목소리로 연설하는 듯이 힘 있게 부르짖는 소리가 동권의 소리임을 알자 그들은 일제히

"옳다, 안 된다 안 되어. 전부 지불이다. 사람을 밤중까지 기다리게 하고 이것이 무슨 개소리냐. 차라리 내놓고 도적놈처럼 떼어먹어라."

하고 소리소리 친다. 중정대리는 의외의 강경한 노동자 측의 태도를 보고 북천이와 먼저 대리와 무어라고 한참 하더니 키 큰 먼저 대리가 군중의 앞에 와 허리를 굽실굽실하며

"여러분, 참 면목이 없소이다. 오늘 전부를 지불

한다는 것이 피하지 못할 사정으로 이렇게 되었으니 먼저 전표를 많이 가진 사람부터 받으면 삼 일 이내로 꼭 전부를 지불하겠습니다."

하고 머리를 쪼은다.

"안 된다. 너희가 어떠한 말로 달랠지라도 곧이들을 우리는 아니다. 우리는 넉 달 동안 굶어가며 외상 일을 하여왔고 서약 이후 닷새 동안 또한 오늘 종일을 이와 같이 추운 밖에서 이 시간까지 몇 번이나 양보해가며 기다린 것이 아니냐. 아무리 철면피의 너희이기로 너무도 지독한 사기 수단이다. 어떠한 수단으로라도 전부를 지불하여라."

동권의 소리는 다시 외쳤다. 군중도 따라 소리쳤다. 한동안 강경히 반항하다가 너무도 돈에 주리고 시달린 그들은 전표 적은 사람부터 받겠다는 조건하에서 두 사람의 중정대리를 데리고 그들의 삼조 노동조합 사무실로 향하였다.

동권이는 양보하게 된 것을 홀로 눈물이 나오도록 분해하였다. 이를 갈고 주먹을 쥐며 그는 마음에게 맹세하였다.

그날 밤 육백 원의 지불을 받기 위한 삼백 명의 노동자들은 혈안이 되어 날뛰었다. 대리며 감독과 십장들이 아무리 권력을 쓰려 하였으되 그들은 선후를 다투느라고 몇 사람의 머리가 깨어지고 옷이 찢어지며 서기가 얻어맞고 바뀌는 등 돈 때문에 일어나는 한 비절 처참한 광경이 현출될 때 동권이는 뒤에서 몇 번이나 눈물을 흘리며 현 사회제도를 저주하였다.

 삼 일 이내에 전부 지불하겠다는 것은 그들의 무기로 가지는 대중기만의 한때 수단이었고 근 보름 동안이나 걸리어 나머지 팔백 원의 임금을 받게 되었던 것이다. 중정이와의 청부 계약은 표면 해약이 되고 이견二見이가 그 뒤를 이었다. 이견이는 더욱 수단이 교묘하여 밀가루 몇 부대만 대어 주면 말없이 일 잘하는 청국 노동자를 칠십 명이나 사용하였다. 공사는 다시 시작되었다. 남포와 곡괭이질로 파내는 흙과 돌로 정거장 앞 바다를 매축하느라고 삼부의 철도는 바다로 향하여 놓이었다. 동권이는 보통학교 후면 공사지에서부터 학교 앞을 지나 고무공장, 시장 등지를 뚫고 지나는 구루마에 철로 타는 일을 하는 동안 꽃 지는 봄과 잎 피는 첫여름도 지나 칠월이 되었다. 그동안에 남포에 해 받은 사람과 집이며 구루마에 치인 사람의 수효가 많이 있었다. 그중에는 과부 떡 장수가 떡을 해서 이고 팔기 위하여 막 나가려는 판에 지붕 위로 넘어오는 돌에 치여 넘어지며 떡은 개천에 빠지고 그는 발이 종신 병신이 된 일이 있었고 여덟 살 된 독자 아이가 구루마에 치여 두골이 깊이 상한 일까지 있었다. 그들 피해자의 치료 비용에 대하여 동권이가 감독에게 격렬히 반대한 일이 있은 후로부터 감독은 동권이를 미워하였다.

폭양이 미련스럽게 내려쪼이는 한낮에 하루에 몇 번씩 왕래하는 구루마 일을 하는 것은 몹시 힘드는 일이었다. 그러나 흙과 돌을 가득히 싣고 손잡이를 턱 잡은 후 쭉 내려가다가 커브를 슬쩍 돌아 내려갈 때에는 더울 때인 만큼 시원하고 유쾌한 맛이 그럴듯하나 빈 구루마를 둘이서 밀고 팔 정이나 되는 쇠길을 걸어 돌아올 때는 내려갈 때 시원한 맛 몇 배의 심한 고역이 되는 것이었다.

동권이는 구루마 위에서 아는 사람을 만나면 언제나 쾌활하게 웃고 목례하며 지나갔다. 정의 아내를 세 번 보았고 용희도 두 번이나 보았다. 흙땀에 착 달라붙은 잠방이를 입고 밀대모자를 쓴 흙빛같이 검은 동권이가 청국 노동자와 함께 구루마를 밀고 오는 것을 보고 용희는 그날 밤에 잠을 못 자고 울었다는 말을 희순에게서 들었다. 희순이도 일부러 그 계모의 눈을 속여 흙 싣고 내려가는 자기 오빠를 보러 갔다 와서는 오빠가 올 때까지 울고 있는 것을 본 동권이는 두 처녀를 데려다 놓고 준열히 가르친 일까지 있었다.

며칠 동안 장맛비가 계속되어 동권이는 일터에 나갈 수가 없게 되매 이러한 날을 이용하여 읽고 싶은 책을 읽으려 하였으나 비 오는 날은 아버지조차 놀게 되니 계모의 잔소리가 더 심할 뿐 아니라 무덥기는 한데 좁은 방 안에 네 식구나 들어앉아 있을 수도 없어 그는 책을 들고 병수의 한바로 갔다.

한바에는 고역에 지친 그들이 낮잠을 자느라고 좁은 방 속에서 발을 맞춰 누워 코를 골고 있으며 다른 방에는 잡담하는 자도 있고 버둥버둥 누워 육자배기 가락을 길게 빼어 노래하는 사람도 있었다. 그들은 동권이를 보고 반가이 웃으며

"우리 선생님 오시는가. 어서 들어오게."

하며 다투어 자리를 내어준다. 동맹파업 이래로 그들은 동권이를 유일의 지도자로 생각하게 되어

작은 일에라도 동권의 의견을 물으며 그의 말이라면 무슨 일이든지 청종할 만큼 신임하고 존경하는 것이다.

"자네는 비 오는 날이면 꼭 책을 가지고 다니니 제갈량의 호풍환우하는 비결책이나 되는가?"

서당 선생 노릇을 한 일이 있었다는 나이 지긋한 나주 사람이 농담 비슷이 말한다.

"참, 나는 자네가 책 가지고 다니는 것이 제일 부럽네. 저렇게 책이라도 마음대로 보면 얼마나 행복일까?"

보통학교 삼 학년에서 퇴학하였다는 병수는 부러운 듯이 말하며 동권의 책을 잡아당기어 박혀진 사람을 손가락으로 짚으며

"이 사람이 누군가? 이마가 벗어진 듯하니 참 잘났네."

하고 동권이를 쳐다본다.

"그 사람의 이름이 부하린*이라고 하는데 저 아라사** 사람이지요. 우리 같은 노동자의 제일 친한

---

\* 니콜라이 부하린(1888~1938). 소련의 정치가이자 철학자.
\*\* '러시아'의 음역어.

동무가 선생인 줄만 아시오."

"부하린? 부하린? 이름도 별스런 이름이 다 있다. 거 유물사관이라고 썼네그려."

하며 나주 사람이 몸을 좌우로 가만가만히 흔들고 앉았다. 동권이는 비 오는 날이면 이렇게 여러 한바를 방문하여 알아듣기 쉬운 말로써 잉여가치剩餘價値의 이야기도 하여 계급적 초등지식을 넣어주기에 남모르는 힘을 써왔다. 오늘도 무슨 이야기나 좀 하여볼까 하는 차에 점심이 되었다고 한다. 세상모르고 자던 사람들도 어느 틈에 일어났는지 검고 누르스름한 밥 한 사발과 소금에만 절인 무 몇 쪽을 담은 접시 하나씩 들고 들어온다. 병수도 자기 밥을 가져오며

"동권이 좀 떠먹어보려는가?"

한다.

"아니, 별소리를 다 하오. 나는 지금 막 먹고 왔으니 어서들 잡수시오."

동권이는 좌우를 돌아보며 권하였다.

"그것도 일할 때는 모르겠더니 자고 난 입에라 그런지 밥이나 반찬이나 너무 하잖하네."

한 사람이 얼굴을 찡그리며 불평을 말한다.

"그것도 십 전씩이니 놀면서도 삼십 전씩 까먹는 생각해서 참아두게. 김치나 좀 담가주면 좋겠네. 항상 이것만 먹으니 진저리가 나네."

하고 한 사람이 무쪽을 집어 먹는다.

"참, 말이 났으니 말이지 너무 비싸다니께……종일 벌어도 잘난 이 밥값밖에 못하고 게다가 이렇게 비 오는 날은 외상까지 지게 되니 참 소위 생불여사로군."

하고 나주 사람이 한탄한다. 이 사람은 옥편이라는 별명을 듣는 만큼 문자를 잘 쓰는 것이다.

"그러기에 그렇게 한탄들만 할 것이 아니라 당신들도 생각이 있어야 한단 말이오."

한마디를 남기고 동권이는 일어서 한바를 떠났다. 아까보다도 비가 더 쏟아지며 공사하다가 둔 하수도에 누른 물이 폭포같이 기운 좋게 내려간다. 동권이는 정의 집에 또 물이 났겠구나 생각하며 발길을 정의 집으로 돌리었다. 파란 칠 한 유리창을 열어 젖히려니까 문이 안으로 걸리어 있었다. 그는 다시 문을 뚝뚝 두드렸다. 그제야 안에서 미닫이 소리가 나더니

"누구?"

하는 소리가 나며 잠깐 지체하다가 문을 연다.

"아아, 동권인가? 이 빗속에 웬일인가?"

"오늘은 안 가시었습니까?"

동권이는 우산을 세우며 말하였다.

"응, 몸이 좀 불편해서……"

하며 정은 깔아놓은 요 위에 앉으라고 권하였다. 미닫이를 모조리 닫고 다다미방 한편 구석에 책상을 놓았으며 그 밑으로 요를 깔아놓았다. 아마 무엇을 썼나 보다 생각하며 동권이는

"정해는 할머니에게서 아니 왔습니까?"

하는 소리가 끝나자마자 온돌방과의 사이 문이 가만히 열리며 정해의 작은 고개가 내다본다.

"아빠가 이놈 해. 가면 못써. 아빠가 매 때려."

하며 샛별같이 맑은 눈을 동그랗게 뜨고 납작스름한 작은 머리를 좌우로 흔들면서 누구에게 향하는지도 모르게 말한다. 정해의 머리 위로 정의 아내의 탐스러운 얼굴이 나타나며

"서 군 오셨소? 이리 들어오지요."

하고 자기 남편의 눈치를 살핀다. 남편은 동권이를 데리고 방에 들어왔다. 어린 아기가 곤하게 잠들어 있다. 정해는 동권이가 다다미방에 두고

온 책을 가져와서

"아찌, 이거 부하린 부하린이어."

하며 작은 손가락으로 가리킨다.

"아하, 참 용하다. 어쩨 그걸 다 알까?"

하는 칭찬을 듣고 정해는 손가락을 들어 벽에 걸린 사진을 가리키며

"저거 레―닌 레―닌이어."

레 자를 길게 빼어 고개를 앞으로 내밀며 말하는 정해를 동권이는 귀여워 못 이기는 듯이 안으며

"아이참, 어쩌면 그렇게 잘 알까?"

하고 정해를 들여다보더니 자기 책 속에 끼워놓았던 책표를 빼어 그 위에 박히어진 사람을 가리키며

"이것은 누군고?"

하니까

"이것은 막츠.*"

하고 얼른 대답한다.

"세 살 먹은 게 어쩌면 이렇게 영리할까요?"

하고 미소를 띠고 있는 정의 부부를 돌아보다가

---

\* 칼 마르크스(1818~1883). 독일의 경제학자·정치학자.

다시 정해에게

"누가 가르쳐주던?"

하니까

"엄마가……"

하고 동권에게서 일어나서 엄마에게 가서 안기며

"내가 아찌보고 막츠 기어.*"

한다.

"어디 에이 삐나 해보아라."

아빠가 말하니까 정해는 에이 삐 하며 끝까지 하나 틀리지 않게 발음한 후에 하나 둘도 일어와 영어로 열까지 다 헤였다. 그러고 나서 엄마를 쳐다보며

"엄마 나 비스킷 주어."

하고 두 손을 겹쳐놓는다. 엄마는 일어나 비스킷을 내어놓고 동권에게도 권하였다. 밖에서 똑똑 소리가 나자 정은 나갔다. 누구와 무엇을 하는지 부스럭거리는 소리가 나며 가만가만히 말하는 소리도 나다가 손은 가고 정은 다시 들어왔다.

"비가 하도 오기에 혹 또 물이나 안 드는가 하고

---

\* 그랬어. '기다'는 '그렇다'의 방언.

와보았습니다."

"글쎄, 퍽 걱정이 되는구먼. 인제 이따가 저녁때 쯤 또 들겠지. 저 보아, 곧 넘치겠는데."

정의 아내는 뒷미닫이를 열고 개골창을 가리킨다. 동권이와 정도 일어서 본다.

"물이 들면 무슨 걱정이오. 내가 다 퍼내어주는데 자기는 까딱 않고 화풀이나 하고 있으면서……"

정은 아내를 보고 빙긋이 웃으며 말한다.

"말은 좋지. 누가 할 말이오? 내가 죽는다고 혼자 하면 마지못해 하는 척하면서……"

아내는 남편에게 애교 있는 웃음을 보이며 눈을 흘긴다.

"엄마, 아빠 밉다 응."

엄마의 눈치를 챈 정해는 엄마를 쳐다보며 엄마의 편을 든다. 어린 아기가 깨었다. 가난한 살림에서도 항상 화기가 뚝뚝 듣는 이 가정을 동권이는 오기만 하면 떠날 마음이 없으되 어째 오늘은 자기가 있는 것이 무슨 방해나 되는 듯하여 만류도 듣지 않고 정의 집을 나왔다. 문을 나올 때 정은

"일간 한번 오게."

하고 뒤에서 소리쳤다.

각색 과실과 참외, 수박이 밤과 낮으로 길거리에서 썩어나는 듯싶게 한창 흔하였으나 제법 수박 한 통을 온전히 맛보지 못한 노동자들의 여름은 지나가고 추석도 멀지 않은 구월 십팔 일이 되었다. 동권이가 아침 여섯 시에 시작하는 일터에서 흙과 돌을 가득 싣고 첫 구루마를 타고 내려갈 때 보통학교 앞길에서 구루마 통행을 기다리고 섰는 정을 보았다. 언제나 학생 시절의 교복만을 걸치고 새벽이면 항상 산에서 돌아오는 정을 여러 번 보았으나 온 여름을 줄곧 겨울 양복과 겨울 모자로 지내온 정이 오늘도 그 양복 그 모자에 넥타이까지 매고 나선 것을 보면 어디 급한 출입이나 하지 않는가 하여 다시 돌아보다가 깜짝 놀란 동권이는 하마터면 넘어질 뻔하였다.

그것은 고등계 형사 한 사람이 정의 뒤에 섰는 것이다. 그러면 이렇게 일찍 경찰서에서 데려가는 것이나 아닌가 하여 동권의 가슴은 공연히 두근거리기 시작하였다. 구루마가 고무 공장의 모퉁이를 돌아올 때 저편 길로 고등계 형사 네 사람이 정의 집으로 향한 길로 몰려가는 것을 보았다. 갑자기 다리의 힘이 없어지며 떨리기까지 하였다. 심술궂은 일본 형사 둘과 조선 형사 둘이 좋은 수나 난 듯이 달려가는 것을 본 동권이는 정의 아내가 어린 것들과 얼마나 놀랄까를 생각하고 구루마에서 뛰어내려 곧 달려가고 싶었으나 그러한 용기도 나지 않았다.

두 번째 구루마가 내려갈 때 정의 아내가 옥색 양산을 높이 들고 책을 잔뜩 묶어 들고 섰는 형사 두 사람과 구루마 지나기를 기다리고 섰다가 동권이를 보자 반가운 듯이 쳐다보며 눈짓하는 것을 보고 동권이는 더욱 놀라 가슴을 태우며 안타까워하다가 겨우 점심시간을 타서 정의 집으로 달려갔다. 정의 장모는 아기를 업고 있다가 동권이를 보고 눈물을 흘리며

"아들조차 잡혀간 지가 이태나 되었는데 아침에 일본 것 하나하고 조선 것 하나하고 둘이 와서 막 집 안을 뒤지더니 딸을 데려갈 터이니 가서 아기들을 보라고 하기에 그만 다리가 덜덜 떨려 겨우 와서 보니 온 집 안이 이 모양이로구나."

하고 그는 난리 난 뒤끝같이 함부로 뒤적이고 흐트려놓은 고리짝들이며 문까지 떼어놓은 일본식 벽장과 두 방을 가리키며 눈물을 씻는다.

"그래, 아이 어멈이 그제야 세수하고 머리 빗고 아이 젖 좀 주고 저놈들하고 갔는데 이때까지 아니 오니 애기는 보채며 울고 어멈도 밥도 안 먹고 갔으니 아이구, 저놈들이 어쩔려고 저러는지 모르겠다. 어서 내가 죽어야 이런 꼴을 안 볼 것인데……"

하고 소리를 내어 느끼니까 정해도 따라 운다.

동권이는 무엇이라고 위로할 말이 없었다. 아들과 딸과 사위를 경찰서에 들여보낸, 머리가 하얗게 백발이 된 노인이 젖 달라고 울며 보채는 어린 손자를, 허리를 구부정하고 어르며 정해를 달래다가 자기도 다시 눈물을 흘리는 것을 볼 때 동권이는 이것이 다 무엇을 말하는 것이냐를 생각하고 주먹을 부르쥐며 벌떡 일어났다.

"너무 근심 마십시오. 정 선생은 모르겠습니다마는 김 선생은 곧 오실 것입니다."

하고 뛰어나오려다가 다시 안으로 향하여

"이따가 밤에 또 오겠습니다. 일하다가 와서."

하는 소리를 남기고 일터로 뛰어갔다. 오전 동안에는 힘이 없이 가슴을 태우는 동권이가 오후에는 씩씩한 전대로의 태도를 가지고 일을 하였다.

지루하게 기다리던 오후 일곱 시가 되자 그는 빨리 집으로 돌아가 옷을 바꾸어 입은 후 저녁을 먹는 둥 마는 둥 하고 정의 집으로 걸음을 바삐 하였다. 유리문을 드르륵 열자

"누구?"

하며 바삐 나오는 사람은 행여나 자기 남편이나 아닌가 하고 바라는 정의 아내다.

"아이고, 김 선생님 오셨습니다그려."

동권이는 이때같이 김이 반가운 때가 없었다.

"인제 곧 나왔지. 어서 올라오시오."

하고 그는 아기를 안은 채 앞서서 안으로 들어가며

"싱거운 자식들, 공연히 종일 앉히어놓고 말 몇 마디 물으면서 공연히 내 아들 배만 곯렸지."

하고 어린애 뺨에다가 자기의 뺨을 댄다.

"참, 아기 젖은 어쨌어요. 인제야 먹었나요?"

"글쎄 열두 시가 되기에 몇 번이나 청해도 네 시까지 아기를 안 데려다주는구려. 젖 먹은 지가 여섯 시간이 넘었으니 얼마나 어머니가 애를 태우시며 아이가 보채는가를 생각하니 견딜 수가 있어야지. 막 들이대었더니 고등계 주임이 그제야 전화

를 걸어 어머니가 정해 데리고 아이 업고 오셨는 구려. 그래 어머니와 정해는 먼저 오시고 나는 애기 데리고 있는데 일곱 시가 되니까 내일 오라고 슬그머니 내보내는구려."

그는 분이 나는 듯이 소리가 높아진다.

"정 선생은 못 보셨지요?"

"글쎄 분해 죽겠소. 고등계실에서 애기를 업고 뚜걱뚜걱 내려오는데 보안계실 한가운데 의자에 와이셔츠만 입고 얼굴이 뻘게서 가만히 앉았는데 머리까지 헝클헝클합데다. 그런데 밥집 아이가 담배 재떨이 같은 데다가 밥하고 무쪽하고 담고 뚝사발에 멀건 물 좀 떠서 그 앞에다 놓아주겠지. 그는 나를 보자 깜짝 놀라서 서로 쳐다보고 망설이다가 그냥 나오는데 내가 돌아다보니까 자기도 가만히 돌아다봅데다. 말이나 몇 자리 하고 나올 텐데 그냥 나와서 생각할수록 분해 못 견디겠소."

그는 자기 남편의 그때 태도를 그리는 듯이 천장을 멀거니 바라본다. 동권이도 그때 가보았던 경찰서 보안계실과 고등계 주임의 인상이며 아침에 정이 말없이 자기를 눈주어 보던 그 침착한 태도를 연상하면서 잠자코 앉아 있었다.

목포에는 그간 세 번째나 격문 사건이 있었다. 메이데이와 반전데이와 국제무산청년데이 이 세 날을 기념코자 시내 각 학교 공장과 각 요처에 과격한 선동 격문이 산포되었다. 그 내용의 심각한 것이라든지 산포 방법의 극히 교묘한 것이라든지가 재래 목포 운동자의 소위가 아니고 타처에서 들어왔던 것이라는 소문이 돌았다. 고등계에서는 혈안이 되어 표면 운동자는 모조리 잡아다가 이십여 일 혹은 십여 일씩을 검속 취조하였으나 결국 헛일밖에 되지 않았던 것이다. 세 번째 일이 났을 때에는 운동자 외에 외국에만 갔다 온 자이면 누구든지 잡아가는 통에 정의 친구인 김까지 검거되었단 말을 정에게 들었다. 그러자 구월 십팔 일에 정마저 잡힌 것이다. 정이 검거된 몇 날 후에 검속된 자들이 하나씩 나오기 시작하여 정의 처형까지 마지막 석방이 되고 그동안 목포 신문에는 몇 번이나 격문 사건의 기사가 나는 동시에 정의 가정을 비웃는 말까지 있었다.

시월 구일—이날은 정을 주범으로 한 격문 사건의 혐의자 육 명이 자동차 두 대에 나누어 송국되는 날이다. 오랫동안 갇히어 창백하여진 자기 아들이 쇠사슬에 묶이어 가는 것을 본 그의 부모들은 재판소 마당에서 울며 몸부림하였다. 정의 아내는 정해를 데리고 아기는 업어, 지독한 고문에 변형까지 된 자기 남편의 말없는 주목을 받으며 자기 역시 마주 바라볼 뿐이었다. 그날 신문에는 격문 사건의 발단이 한 장의 연애편지라는 제목하에서 김이라는 자의 실책에 대한 기사가 게재되었다.

동권이는 정을 잃어버린 후로는 자기의 온몸을 지지하고 있던 골격이 부서진 듯이 마음을 지탱할 수가 없었다. 자기의 매일의 노동은 한 무의미한 호구의 수단으로나밖에 생각되지 않았다. 밤이면 가끔 정의 가정을 방문하기도 하나 돌연한 정의 입감入監으로 그의 아내가 어린것들과 생활난에서 허덕이는 것을 볼 때에는 항상 자기의 무능력한 것을 한탄치 않을 수 없으리만큼 언제나 무거운 가슴을 안고 돌아오는 것이다.

연발되는 그 사건이 있을 때마다 그는 글의 내용을 보고 목포에서는 정 이외는 할 수가 없다고 생각은 하였으나 그처럼까지 구체화할 줄은 생각지 못하였던 것이다. 언제인가 비 오는 날 그의 집을 방문하였을 때의 정의 태도라든지 새벽에 산에서 돌아올 때는 그 먼저 몇 사람의 청년이 하나씩 내려오던 것이라든지 밤 아홉 시경에 보통학교 마당에서 세 번이나 만났을 때마다 항상 김이라는 사람이 같이 있는 것이라든지를 이제 생각하여 보면 의미 있게 생각하는 바가 없는 것도 아니나 그때는 이렇게까지 할 줄은 짐작 못하였던 것이다. 정이 반드시 동권이에게 시키었을 만한 일이어늘 감쪽같이 빼어놓은 것은 자기의 무자격한 탓이라 생각하매 몹시도 섭섭하였다. 이 일이 있은 후로 동권이는 이곳을 떠나서 자기 역시 당당한 일꾼이 되어보겠다는 결심을 가지게 되었다.

십일월 하순 만 일 년 만에 하수도 공사는 완전히 끝을 마치었다. 뒷개에서부터 보통학교 뒤로 김장자의 대궐 같은 뒷담을 감돌아 유달산록의 허리띠와 같이 목포의 하수도는 굉장하였다. 최후까지 일을 계속한 이백 명의 노동자들이 흩어질 때는 그립던 처자를 만난다는 기쁨보다도 눈 날리고 꽃 피며 푸른 그늘 가을달이 번갈아 가고 오는 일 년 동안 공동의 이해에서 같이 일하고 함께 싸우며 동고동락하던 동무들의 우정을 떼기를 더 어려워하였다. 혹독한 추위와 폭염에 배를 주리며 뼈가 닳아지고 살이 깎이도록 일한 것은 누구를 위함이었던가? 그들의 돌아오기를 고대하는 처자들에게 가지고 갈 것은 빈주먹밖에 없었다. 그러나 그들에게는 동권에게서 받은 선물이 있었다. 떠나는 그들 중에는 동권이와 장래의 투쟁을 언약하는 뜻있는 굳은 악수를 교환한 사람도 많이 있었다.

희순이의 결혼날이 십이월 오 일이라고 희순의 모녀는 빨래와 다듬이질로 한동안 일삼다가 이제는 밤낮으로 바느질하기에 눈 뜰 사이도 없이 바빴다. 희순의 남편 될 사람의 선물인 장롱과 경대가 윗목으로 자리를 차지한 것이 눈에 띄면 어쩐지 섭섭한 마음이 들었다.

공사가 끝난 후부터는 편들편들 놀며 공밥을 먹는다고 계모의 잔소리는 몇 배가 늘었다. 동권이는 한시도 집에 있을 수가 없이 하루바삐 떠나고 싶으나 그 역시 마음대로 되지 않았다. 밤에는 남의 집에 가서 자고 조석이면 밥을 얻어먹으러 다닌다는 것이 얼마나 무의미하고 추근추근한 짓이냐? 현재 그에게는 정의 아내 이외에 절친한 사이도 없었고 밤이면 잠을 붙여 자는 그 동무도 마음에 싫은 자였다. 더구나 며칠 만이면 희순이가 집에서 없어진다는 것—이것은 그의 유일의 위안을 빼앗아버리는 것이다—이 가장 괴로웠다. 그의 마음을 머무르게 할 만한 것은 이곳에 용희가 있다는 것이다. 그러나 용희 역시 어려운 문제에서 고통을 받고 있는 것이다.

동권이는 계모에게서

"용희를 욕심내던 당지 권력가의 대학생 아들이 있어 용희 부모에게 청혼하니 부모는 허락하고자 하나 용희가 저사하고* 듣지 않아서 그의 어머니가 딴 곳에 마음이 있어 그러지나 않는가 한다."

는 말을 들었다. 그리고 그 말 끝에

"언젠가 용기가 보니께 용기 집에서 저 자식하고 용희하고 둘이만 놀더라 하더라고 용기 어머니가 저놈을 의심한단 말이여. 창자 빠진 놈, 그래도 사내자식이라고 계집에는 욕심나던가 부구만, 정신 차려 남 못할 짓 하지 말고…… 네까짓 것이 가

---

\* 죽기를 각오하고 굳세게 저항하다.

당이나 하냐?"

하고 소리 지르니까 희순이가 방 속에서 자기 어머니에게 핀잔주다가 계모에게 머리채를 잡히고 얻어맞은 일까지 있었다. 그래서 동권이는 사실을 알기 위하여 희순의 혼인날 그 집에 사람이 없는 틈을 타서 겨우 용희에게 만나자는 뜻만을 통하니까 용희는 닷새 후면 자기 집에 아무도 없을 터이니 그날로 정하자고 대답하였다.

닷새 후에 그는 용희의 방에서 용희와 마주 앉게 되었다. 삼월에 이 방에서 만날 때는 까닭 모르게 기쁘기만 하더니 웬일인지 오늘 밤은 그날과는 별다른 감정과 기분이 두 사람을 지배하였다. 동권이는 계모에게서 들은 말을 다 하고 그것이 사실이냐 물었다. 용희는 말없이 고개만을 까딱이어 보인다.

"그것이 사실이라면 왜 용희는 반대하오? 당자가 그만하니 용희에게는 그만한 행복이 없을 터인데……"

"나는 그렇게 사랑 없는 결혼은 할 수 없어요."

그는 고개를 숙인 채로 대답한다.

"교제하여 가노라면 사랑은 생기지. 처음부터

어떻게 사랑이 생기오?"

"누가 교제 아니 해보았나? 알고 나머지이지, 저 책은 다 누가 사 보낸 것인데 그 녀석이 저 혼자 미쳐서 사 보낸 것들이지."

동권이는 깜짝 놀라는 표정으로

"무엇? 교제해보았어? 이것 보아라, 책까지 사 보내주었다? 옳지 옳지, 그래 내 짐작이 옳구나."

하고 인제야 알았다는 듯이 고개를 끄덕끄덕하더니

"어느 틈에 교제까지 해보았소. 참 용희도 무던하신데. 대학생과 교제까지 해보고…… 그래, 편지 내왕도 물론 있었겠구만."

하는 그의 말은 비꼬는 어조이었다. 용희는 고개를 들어 한참이나 동권이를 원망스럽게 바라보며

"그렇게 비웃을 것까지 무엇 있소? 우리 먼촌 고모 되는 사람의 시아재\*인데 어려서부터 잘 알고 있었다는 말이지 편지 내왕은 다 무어야, 저 혼자 용기 이름으로 책만 보냈지."

하더니 다시

---

\* '시아주비'(시동생)의 방언.

"그만두어요. 그 입에서 그러한 말이 나올 줄은 정말 몰랐소. 누구 입으로 사랑하네 마네 해놓고 또 누구더러 어떻게 하라고?"

하며 그는 동권이를 똑바로 쳐다보다가

"아마 이제는 사랑이 식었는 게지. 그만두어요."

하고 흘겨보는 눈에는 눈물이 고인다. 동권의 가슴은 울렁거리기 시작한다. 그는 용희의 손을 잡아끌며

"용희! 이만큼 와요. 그러면 어쩌겠다는 말이오?"

하고 용희를 들여다본다.

"글쎄 왜 물어요?"

하고 잠깐 가만히 있다가

"나는 서동권이라는 사람에게 내 사랑의 전부를 바쳤을 뿐이오. 그 사람 외에는 나의 남……"

그 뒷말이 나오려다가 깜짝 놀라며 고개를 수그린다. 동권이는 눈을 감고 숨을 길게 쉬며 잠잠하다.

"용희! 전에도 한 말이지마는 우리의 사랑은 현재의 우리 정세에 합할 수 없지 않소."

"왜요? 참, 그것은 숙제로 두었지. 왜 불합당해요?"

그는 고개를 들어 남자를 쳐다보며 핍박하는 듯이 물었다. 동권이는 용희의 그 태도를 귀여운 듯이 내려다보며 천천히 그리고 힘 있게 말하였다.

"글쎄 생각해보면 알지 않소? 결혼할 수가 없는 사랑이 어찌 합당한 사랑이겠소. 내가 내 몸 하나도 변변히 처리 못하는 못난인데 어떻게 용희까지…… 무어 나는 아무리 생각했자 열에 하나도 좋은 조건이 없으니 영원한 사랑을 계속할 수는 없다는 말이오."

"결혼만 하면 좋은가? 사랑만 하면 그만이지."

"그런 막연한 말이 어디 있소? 항상 하는 말이지마는 인제 그런 생각 방법은 하지 말아요. 결혼은 아니 해도 사랑만 하면 그만이라니 그런……"

"아니, 나도 알아요. 그것은 공연한 말이고…… 그러면 어떻게 하면 좋겠소? 어머니는 이번 동기 방학에 그자가 나오면 혼인해버리겠다고 지금 야단들인데……"

"무어 문제가 그렇게 급하게 되었는가? 단단히 욕심이 나시는 모양이로구. 그러니까 어머니 말대로 하구려."

"또 그런 말을 해. 참 기막혀 죽겠네. 나는 죽으

면 죽었지 존경할 수 없는 자와 결혼할 수는 없어."

"그러나 용희! 나는 여기 있을 사람이 못 되오."

"응? 그러면 어디로 가요?"

그는 깜짝 놀라 고개를 들어 동권이를 쳐다본다.

"글쎄 어디로 가든지."

"그러면 나도 가지."

하는 용희의 눈은 반짝인다.

"될 말인가. 나는 내 일이 따로 있어 가는 게야."

"나도 같이 일하러 따라가지. 희순이가 시집으로 갈 때 우리는 결혼한 후에도 언제든지 오빠와 같이 일하자고 내 손을 잡고 그러던데……"

"그렇게 문제는 쉽게 되지 못하는 것이오. 내게는 지금 한가한 결혼 문제보다도 더 급한 문제가 있으니까……"

자기를 따라가겠다는 여인을 앞에 앉혀놓고 이러한 말을 하는 동권이는 십구 세의 청년으로는 지나칠 만큼 그의 머리와 의식이 단련되었고 동권이의 이러한 이지적 태도와 성격에 용희는 더욱 열복하는 것이다.

"나는 용희를 애인보다도 한 동지로 생각하기 때문에 용희 같은 유망한 여자와 떨어지고 싶은 생각은 더구나 없소. 그러나 정세가 허락지 않는데야 어찌하겠소. 만일 용희가 나를 끝까지 사랑한다면 용희 스스로 용희 자체를 개척할 수가 있으리라고 생각하오. 그렇지 않소, 응? 용희!"

그는 용희의 어깨를 안으며 말하였다. 용희는 그의 가슴에 엎더지며 눈물지었다.

"내 일평생 사랑하는 용희."

그는 속으로

'이것이 이별의 포옹이다. 언제 다시 만날 줄 알랴.'

하매 더욱 뜨겁게 힘껏 안으며

'어서 하루바삐 떠나지 않아서는 아니 되겠다.'

고 생각하였다.


내일 떠나기로 결심한 동권이는 금년의 처음 추위인 쇠끝바람에도 겁내지 않고 일 년 동안 자기보다도 삼백 명 동무들의 노력으로 된 하수도를 굽어보며 그 언덕을 걸었다. 초승달이 유달산봉에 걸리어 고향의 마지막 밤을 지내는 그의 가슴을 홀로 알아주는 듯이 내려다본다. 그는 팔짱을 끼고 천천히 뒷개로 향하여 걸어온다. 이 굉장한 하수도를 보는 자, 돈과 문명의 힘을 탄복하는 외에 누가 삼백 명 노동자의 숨은 피땀의 값을 생각할 것이며 죽교의 높은 이 다리를 건너는 자 부청의 선정을 감사하는 외에 누구라 이면의 숨은 흑막의 내용을 짐작이나 하랴. 동권이는 이러한 생각으로 흥분하여서 못 한끝에서 불어오는 바람을 추운지도 모르고 발을 돌려 정의 아내가 살고 있는 셋방 동창 앞에까지 왔다. 방 안에서는 정해의 창가 소리가 들린다. 그것은 그의 아빠가 항상 무릎 위에 올려놓고 손가락으로 박자를 맞추며 가르치던 메이데이의 노래다. 정해도 이것만을 부르려면 작은 손가락으로 박자를 맞추는 것이다. 그의 아내는 정해에게 항상 이 노래를 불린다.

기께 방고꾸노 로―도―샤 도도로끼 와다루 메―데―노
지이샤니 오꼬루 아시도리또 미라이오 쯔구루 도끼노 고에*

정해의 어린 목소리가 힘껏 소리쳐 부르는 소리를 모진 바람이 휩싸 지나간다. 그는 그 집 대문 앞을 지나 높은 잔등에 올라 멀리 바라보았다. 검은 벌판은 가없이 열렸는데 정미장에 조는 듯이 섰는 전등불조차 바람통에 깜박이는 듯 멀리 감옥 편을 바라보니 크고 큰 함굴이 있는 곳이나같이 컴컴하고 음침한 기분이 떠돌았다.

"저 속에는 나의 오직 신임할 수 있는 지도자가 그의 모든 자유를 잃고 갇히어 있구나. 그는 아내와 면회할 때 내 말을 뜻있게 묻더라 하니 오! 정이여, 나는 그 뜻을 아나이다. 그대가 감옥에서 나올 때 나는 그대가 믿을 수 있는 한 동지가 되어 기쁘게 맞으오리다."

그는 컴컴한 곳에서 주먹을 들고 맹세하였다. 눈발이 펄펄 날리기 시작한다.

그 이튿날 첫눈은 목포 시가와 산, 들에 고르게 쌓이며 내리는데 용희는 한 장의 편지를 받았다.

* 1922년 제3회 노동절에 발표된 일본의 민중가요. 인용된 구절의 원문은 "聞け万国の労働者 とどろきわたるメーデーの 示威者に起る足どりと 未来をつくる鬨の声(들어라 만국의 노동자여, 우렁차게 울리는 메이데이의 시위자들 발맞춘 걸음 소리와 미래를 만드는 함성 소리를)"이다.

모든 객관적 정세가 나를 이곳에 머무르게 하지 않으므로 나는 이곳을 떠나고야 만다. 사랑하는 사람을 두고 떠나는 나도 종시 사람인지라 어찌 한 줄기의 별루가 없으랴마는 나는 보다 더 뜻있는 상봉을 위하여 떠나는 것이다. 군이 만일 나의 뜻을 알고 나를 사랑할진대 그대 스스로 모든 환경을 돌파하고 자체를 편달하여 나아갈 수 있는 용기를 가진 자라고 나는 생각한다. 굳세인 벗이 되어지라. 오직 바라는 바이니 원컨대 오직 끝까지 건강하라.

1931. 12. 13. 떠나는 동권

애인의 주고 간 글을 읽고 또 읽던 그는 동창 미닫이를 열었다. 나비 같은 눈송이가 펄펄 춤을 추며 날린다. 그는 빛나는 눈으로 내리는 눈발을 쳐다보며 애인의 유훈을 생각하고 생각한다. 눈은 말없이 쌓이고 쌓인다.

《동광》, 1932. 5.

소설

*

홍수전후 洪水前後

1

어제 한나절과 지난 밤새도록 작대기처럼 쏟아지던 비도 날이 새면서부터는 미친 듯이 날뛰던 빗발들을 잠깐 걷고 검은 구름장 속에서 무슨 의논들을 하였는지 떨어지지 않을 듯이 굳게 엉겨붙었던 구름덩이들이 이쪽저쪽으로 슬슬 헤어지기 시작한다.

그러나 몇 겹으로든지 첩첩이 덮여 있는 구름장인지라 검은 구름장이 슬그머니 찢어지자 그 속에서 검회색과 회색의 구름덩이가 몰켜나와서 앞서 간 구름의 뒤를 가는 듯 마는 듯 따라간다.

포플러 나무들도 겨우 숨을 내쉬고 온갖 풀잎도 가만히 고개를 들고 지난밤의 무서운 광경을 그리며 몸을 떨면서 물방울을 털었다.

 어디 가서 숨었던지 킹킹거리는 소리 한마디 없었던 검둥이가 어슬렁어슬렁 진흙투성이가 된 꼬리를 축 늘이고 마당으로 나오고 죽은 듯이 자빠져 있는 듯한 돼지조차 꿀꿀거리는 소리를 내면서 울짱* 틈으로 주둥이를 내놓고 코를 벌신거린다. 닭들도 영계들까지 몰려와서 웃퇴 위에 놓여 있는 보리 가마니 위에 올랐다 내렸다 하며 놀고 있다.

 명칠이는 담배 한 대를 피워 물고 방문 앞에 쭈그리고 앉아서

 "인제는 비도 그만 와야지 오늘 종일 퍼부었다가는 또 무슨 일이 날 것인데. 원 하늘이 하시는 노릇이라 알 수가 있어사제……"

 하고 하늘을 쳐다본다. 움직이고 있는 큰 하늘은 무서운 비밀이나 꾸미고 있는 듯이 명칠의 눈에 두렵게 보였다.

 그는 천문학을 배우지는 않았다. 그러나 십사 년 동안 영산리榮山里 이 깊은 곳에 살면서 해마다 당해오는 물난리를 좋이 겪어오는 만큼 하늘의 모

---

\* 말뚝 따위를 죽 잇따라 박아 만든 울타리.

양과 구름덩이의 가고 오는 방향을 따라 대개 날씨는 어떻게 변하며 비 오는 껄새\*를 보아 비가 얼마큼이나 올 모양인지 짐작할 수 있는 지식을 가지게 되었다. 이만한 것쯤은 산간농부나 어항어부나 아니 도회지의 유복하다는 노인들까지도 잘 알고 있는 것이다. 그러나 소작인의 아들로 태어나서 다시 소작인의 아들을 가지고 있는 명칠이, 더구나 한편으로 조그마한 배 두 개를 가지고 영산강의 어부 노릇을 하며 살아가는 이 송 서방은 나이는 지금 마흔다섯이건만 다른 육십 노인보다 더 많은 천기에 대한 경험지식과 선견의 밝음을 가지고 있었다.

송 서방의 천후에 대한 지식이 노숙한 만치 그의 얼굴도 나이에 비하여 몹시 늙은 축이었다. 기름한 얼굴이었다. 광대뼈가 솟았고 아랫볼까지 쪽 빨아버려서 언뜻 보면 환갑을 지난 노인처럼 보였다. 육지와 강으로 쏘아다니며 당하는 육체적 노동과 농부와 어부의 특수한 직업적 고통—날씨에 매여 살아가는 만큼 천후로 인하여 당하는 심리적

\* '꼴'의 방언.

고통―이 하루도 그의 얼굴에서 주름을 펴준 날이 없었으매 영양 좋은 사람의 얼굴에서는 기름이 흐르고 혈색이 좋을 장년 시기의 한창때를 가진 명칠의 얼굴에는 그의 손등에서 볼 수 있는 고로苦勞의 주름살이 이마와 두 볼에 잔줄을 그었고 검고 누른 얼굴빛은 항상 영양이 적음을 탓하는 듯이 뜨거운 여름 볕에나마 붉어지지는 않고 검어가기만 하였다.

"논에 나가보니까 어쩝딩껴? 인자는 그만 오면 풍년이것지라우?"

송 서방의 마누라는 부엌문 앞에 앉아서 보리를 갈면서 남편을 쳐다보고 물었다.

"암―은, 비만 그만 오면 금년은 대풍년이것데마는……"

하고 다시 하늘을 쳐다본다. 그의 마누라는 보리 뜨물을 돼지 밥통에 주루루 부어주면서

"아이고, 돼지 막에 물이 흥근하게 과 있소. 그래도 또 비가 올라는가베."

하고는 하늘을 쳐다본다. 가랑비가 뿌린다.

"엄마!"

두살쟁이 계집애가 송 서방 무릎에 덜썩 기어올

라서 담뱃대를 잡으려고 손을 내밀었다.

"나님아! 이리 온!"

열한 살 먹은 쌀례가 아기를 데려가며 아버지의 눈치를 살피면서 무슨 말을 할 듯 할 듯 망설이다가

"아부지!"

하고 용기를 내어 아버지를 불렀다.

"왜 그래."

송 서방이 고개를 쌀례 쪽으로 돌리며 퉁명스럽게 대답한다.

"참외하고 수박하고 안 따 오시오?"

하고 쌀례는 부끄러운 듯이 고개를 숙이고 나님이를 안아 올리면서

"또 비가 딸아지면 어디 따러 가겠소? 작년마냥 물이나 쪄버리면 하나 맛도 못 보고 말어버리게라우? 비 쏟아지기 전에 따 왔으면 좋것구만."

하고 성날 때에 하듯이 입을 내민다.

"저런 년, 처먹을 일이나 밤낮 궁리해라. 애기나 업어줘. 그저 참외 수박 노래만 부르고 있다니께. 저년은 허천병\*이 들었는 것이여."

* 몹시 굶주리어 병적으로 음식을 탐하는 것.

어머니가 부엌 속에서 소리를 지르며 야단친다. 쌀례는 아기를 안고 돌아서면서 눈물을 씻다가 훌쩍훌쩍 울기 시작한다.

"밥 먹고 나서 따다가 주마."

송 서방은 점잖게 말하였다.

"나도 아부지 따라서 수박밭에 갈 테여."

장독머리에 있는 손바닥만 한 꽃밭에서 쓰러진 복사꽃 나무를 다시 심고 있던 꽃례가 말하자

"나도 따러 가랴."

하고 검둥이를 데리고 툇마루 끝에서 놀던 여덟 살 되는 귀성이가 한 자리 잡고 나섰다.

"저년은 열네 살이나 되는 년이 어린 동생 듣는데서 못할 소리가 없다니께. 이년아, 어서 밥솥에 불이나 때!"

어머니의 둘째 번 쏜 총알은 꽃례에게로 향하였다. 꽃례는 귀성이를 보고 혀를 날름하면서 고개를 숙였다.

"아니 윤성이는 어디 갔는가?"

"언제 어지께 밤에 들어왔더라우? 또 대흥이네 집에 가서 그놈들하고 숙덕공론이나 하고 자빠졌는가 부오그랴."

송 서방의 진중한 말소리의 정반대로 그 마누라의 소리는 콩알처럼 대굴대굴 부엌 속에서 굴러나오는 듯이 쫑알거렸다.

"앵— 참."

하고 송 서방은 안간힘을 꿍 쓰면서 담배를 탁탁 털었다.

귀성의 손에서 검둥이가 주르르 빠져나가더니 획획 내두르는 꼬리 뒤에는 윤성이가 따라 들어왔다.

그 아버지의 골격을 닮은 건강한 체격을 가진 윤성이는 스무 살밖에 아니 되는 청년이건만 늠름한 장부의 티가 보였다. 그러나 소작인의 혈통을 가진 그의 얼굴빛은 역시 빈약하였다. 대대로 물려 나오는 오직 하나의 유산은 영양 부족이라는 것이기 때문에 그의 후손인 윤성이도 이 유산을 물려 가질 수밖에 없었던 것이다. 다만 그의 큼직한 눈이 불평을 가득히 담고서 항상 빛나는 시선을 이리저리 쏘아보기 때문에 사람들은 그의 눈을 열기 있는 눈이라 샛별 같은 눈이라 칭찬하였으나 톳게리 허 부자 그들의 지주 양반만은 그의 눈을 불량한 목자라고 비난하였다.

## 2

윤성이가 툇마루에 걸어앉으며

"간밤 비에 어디 상한 데나 없었소?"

하고 물었으나 송 서방은 아무 말대답이 없었다.

"어째에 상한 데가 없어야? 앞개울물이 정제*까지 들어왔더란다. 집안사람 누가 잠이나 잔 줄 아냐? 해마당 당하는 노릇인데 번—히 물 들 줄 알면서도 다른 집에 가서 퍼 자고 온 것 봐. 언제나 철이 들는고 몰라."

그 어머니는 부엌문 앞에 서서 아들을 흘겨보며 치맛귀에 손을 씻고 있다.

"어쩔 것이오? 이런 데서 살면서야 으레이 그런 일을 당할 줄 알아야지. 그러니께 어서 여기서 떠 버리자고 안 합디까?"

하며 윤성이는 두 손으로 턱을 고이고 내리는 빗발을 바라다보고 있다. 윤성이가 들어올 때부터 굵은 빗방울이 떨어지다가 이제는 기운차게 쏟아진다.

---

\* '정주'의 방언. 정주는 부엌과 안방 사이에 방바닥을 잇달아 꾸민 부엌.

송 서방은 아들을 물끄러미 바라보다가

"윤성아, 너 지금 무엇이라고 했냐?"

하고 곰방대에 새로 담배를 담으면서

"나이 이십이면 한 집안을 거느릴 자식이 거 무슨 철없는 소리여. 아니 누가 이런 데서 살고 싶어서 사는 것인가. 여름이 돼서 장마철만 들면 그저 맘이 조마하고 밤에 잠을 맘 놓고 못 자면서도 열네 해 동안 해마다 집구석이 물에 잠겨서 온갖 고생을 당하고 살기가 그리 좋아서 여기서 살고 있는 줄 아냐? 앵? 철없는 자식."

하고 송 서방은 담뱃불을 붙인다.

"글쎄 말이오. 오직해야 이런 데서 해마다 그 노릇을 당하고 살고 있것소마는 그래도 어떻게든지 떠날 도리를 해봐야지 이런 데서 항상 살다가는 큰일이 한번 나고 말 것이오. 그러니께 일찌가니……"

"옳지, 네 말대로 일찌가니 허 부자네 집에 가서 떼장*이나 써서 새집 하나 얻으란 말이지야? 염치없는 자식."

* '떼'의 방언.

송 서방은 윤성의 말이 끝나기도 전에 성을 내어 그의 말을 무질러버렸다.

"이 집도 허 부자네 집이던 것을 해마다 벌어서 집값을 갚았더람서라우. 그라니께 말이오. 이왕 그 집 논을 벌면서 또 집 하나하나쯤 높즉한 데 있는 것을 얻어보란 말이지. 누가 뺏어 오라고 했소? 안 주면 떼장도 놓지 어째라우?"

윤성이의 말소리가 거칠어졌다. 비는 쭉쭉 무서운 기세로 쏟아진다. 아이들도 아무 소리 없이 비 오는 것만 바라보고 있다.

"흥, 또 불한당 같은 소리가 나오는구나. 사람의 운수복력이 다 팔자에 타고난 것인데 새파란 어린놈들이 손발 떨어지도록 벌어먹을 생각은 않고 그저 잘사는 사람 시기할 줄만 안단 말이여. 자, 그 사람들이 땅을 안 주더냐? 집을 안 주더냐? 그 사람들이 없으면 우리 같은 작인\*은 굶어 죽어야 옳게? 아니 그런데 저번 한창 가물 때 논이 갈라지니께 너그들이 허 부자네 집에 가서 소작료를 감해 달라고 떠들어댔담서야? 그 대홍이 유동이 만성

---

\* '소작인'의 준말.

이 이런 놈들하고 몰켜다니면서…… 앵— 못된 놈들 같으니, 경찰서에나 잡혀 가고 지주 집에나 몰려가서 심술이나 부리고 하는 놈들하고 이놈 다시 또 붙어단겨만 봐라. 다리뼈를 분질러놀 테니께……"

하고 송 서방은 다시 담뱃대를 힘 있게 빨면서 불을 댄다.

"천리란 것은 어기지 못하는 것이라 그렇게 몹시 가물다가도 기우제 몇 번에 비가 이렇게 많이 와서 물이 불어 모를 심어 곡식이 자라나 무엇다— 사람 살 대로만 되어간단 말이여. 다만 근본 복을 사주팔자에 못 타고나서 죽게 일하고도 평생을 이리 가난하게 사는 이것이 한탄이지. 남들 잘 사는 것 보고 욕할 것이 무엇이란 말이냐? 그저 가난이 원수니라, 가난이 원수여. 이놈의 데를 못 떠난 것도 가난하기 땜세 붙어사는 것이 아니여?"

하고 송 서방은 꺼진 담뱃대에 다시 성냥을 그어댄다. 윤성의 입가에는 비웃음의 미소가 떠올랐다. 천리를 말하고 운수에 맡기면서 다시 가난이 원수라는 것을 역설하는 그 아버지의 모순된 말소리에 하염없는 쓴 탄식이 나왔다.

'우리 아버지도 멀지 않아서 모순을 깨달을 때가 올 것이다. 모르기 때문에.'

하고 그는 속으로 부르짖었다.

'아버지뿐이 아니라 농민의 전부가 다 저 같은 생각에 굳이 잡혀 있는 것이 아니냐?'

그는 기침을 칵 하면서 한숨을 내쉬었다.

"아부지! 참말로 우리 여기서 살지 말고 다른 데로 이사 갑시다, 예? 나는 어저께 밤에도 무서워서 꼭 죽겠습디다."

하고 쌀례가 말참례를 한다. 보리밥 냄새가 물큰 끼치자 귀성이가

"어무니, 어서 밥 줘."

하고 큰방 샛문에 붙어 서고 검둥이도 고개를 개웃하고 부엌 속을 들여다보고 서 있다.

비가 다시 줄기차게 쏟아진다.

"아버지 말씀대로 세상일이 다 사람 살 대로 되어가면 좋지마는 만일 이 비가 오늘 종일 내일 모레까지 쏟아져서 영산물이 넘고 우리 집이 떠내려가고 사람들이 죽고 동네 집이 무너지고 그렇게 되면 어쩔 것이오? 그때도 천리라고 앉아서 죽기를 바랄 것이오?"

윤성의 말소리는 몹시 뻣뻣하게 들렸다.

송 서방은 화를 벌컥 내며,

"이 버릇없는 자식 같으니, 뉘 말대답을 그렇게 하느냐? 꼭 네 말대로 고렇게 되어버렸으면 좋겄지야? 액— 이놈 썩 나가거라. 그런 자식은 없어도 좋다. 당장 나가—"

하고 소리를 버럭버럭 질렀다. 윤성이가 벌떡 일어나서 나가려고 할 때 그 어머니는 밥상을 가져다 툇마루에 놓으며

"아나,* 나가더래도 밥이나 먹고 나가거라."

하였으나 윤성은 머뭇거리지도 않고 나가버리고 말았다. 비는 점점 더 억세게 쏟아져서 이 식구들이 곱살** 보리밥을 다 먹고 났을 때는 앞개울 물이 넘치어서 남실남실 마당까지 들어밀렸다. 송 서방은 벌떡 일어났다.

"명칠이! 명칠이!"

요란스러운 빗소리를 뚫고 황급히 송 서방을 부르는 소리가 들렸다.

---

\* '옜다'의 방언.
\*\* 곱삶이. 두 번 삶아 짓는 밥.

"명칠이! 어이, 명칠이!"

여러 사람의 부르는 소리가 앞내 저쪽 언덕에서 들려왔다. 송 서방은 마주 소리쳤다.

"어이, 덕성인가? 이 우중에 어찌 나왔는가?"

"어서 나오소. 자네 식구들만 데리고 어서 높은 데로 나와야지, 큰일 날 것이네."

덕성이의 외치는 소리도 빗소리에 꺾이어 도막도막 들렸다.

"내 걱정 말고 자네들이나 어서 가서 손볼 데 손보고 그러소. 해마다 당하는 노릇인디 설마 어쩔라던가?"

송 서방은 어서 가라는 뜻으로 손을 치며 소리하였다.

"작년에도 자네가 고집부리고 끄니— 안 나오고 말았다고 본 사람들이 모두 욕하데. 그만 고집부리고 어서 나오라니께. 저 봐— 개울물도 넘어들지 않는가? 그런데 영산강 물이 넘어 들게 되면 어쩔라고 그러는가? 어서 지금 나오소, 어이."

이번에는 윤삼이가 소리쳤다. 우장을 쓴 그들의 모양은 빗발에 묻혀 안개 속으로 보이는 듯이 가물가물하였다.

한 지주의 전답을 함께 벌어먹고 산다는 야릇한 인연이 맺어준 우정과 오랫동안 이웃 동리에서 산다는 정리가 그들로 하여금 명칠이를 위하여 힘껏 소리치고 열심으로 권고하게 하였으나 송 서방은 끝끝내 그들만을 보내고 말았다.

십사 년을 지내는 동안 그는 주검이란 것은 쉽사리 사람의 목숨을 빼앗지 못하는 것이라고 단정해버릴 만한 주검에 대한 경험철학의 고질적 신념을 가지게 된 것과 또 그에게는 배 두 척이 있어 비록 그 하나가 극히 작은 거룻배일망정 일곱 식구의 생명쯤이야 언제든지 구원해줄 것이라는 굳은 믿음을 가지고 있기 때문에 해마다 장마철이면 집이 물에 잠겨서 위험한 고비를 당할지라도 친구들의 권고도 물리쳐버리고 식구들을 배에 태워서 물 빠지기를 기다리며 살아갔던 것이었다.

3

비는 잠시도 그치지 않고 퍼붓기만 하였다.

금성산맥으로부터 멀리 나주 영산포의 넓은 평야를 둘러싸고 있는 산들을 경계로 컴컴한 하늘은 물에 싸여 허덕이고 있는 대지를 무겁게 누르고 비를 쏟고만 있었다.

하늘과 땅은 빗줄기로 연하여졌고 내리는 빗발마다에서 튀어나는 가는 물방울이 보—얗게 물연기*를 내고 있다.

점점 험악해가는 검은 하늘은 더욱 악착스럽게 폭우를 내려쏟는다. 하늘도 내려앉을 듯하고 땅도 폭 꺼질 듯하게 오직 두려운 빗소리만이 천지에 가득하였다. 남에서 북으로 북에서 남으로 가는 평시에 재주와 용기를 자랑하던 급행열차들도 이 위대한 대자연의 무서운 기세와 위엄 아래에서는 물 위에 기어가는 작은 벌레에 지나지 못하였다.

종일을 한결같은 위세로 쏟아지던 비는 기어코 남조선 각처에 있는 크고 작은 강물을 붇게 하고 개천을 넘치게 하고 수리조합의 제방을 헐고 방축과 원둑을 터쳐버리고 말았다.

강 연안과 낮은 지대에 있는 동리는 물에 잠기고 지붕까지 잠긴 집은 둥우리가 떠내려가고 헐어지고 사람들은 높은 곳으로 물을 피하여 올라가며

---

\* '물안개'의 북한어.

목을 놓고 울었다.

 장성長城, 능주綾州, 남평南平, 화순和順, 옥과玉果, 곡성谷城, 순창順昌, 담양潭陽, 평창昌平, 나주羅州, 송정리松汀里, 광주光州 등의 열두 골물이 한데로 합하여 내려가는 길이 되어 있는 영산강의 물은 시시각각으로 불어만 갔다.

 각처에서 들어밀리는 물이 영산강으로 몰려들어 가서 영산강 물은 불완전한 연안을 쿵쿵 헐어가며 철철 넘쳐흘렀다. 논을 삼키고 들을 삼키고 집을 삼키며 내려가다가 영산포 물길의 길어귀인 개산犬山의 굽이에 닥치어 많고 많은 물이 좁은 어귀로 빠져나갈 수 없으매 용감한 기세로 앞을 향하여 전진하던 영산강 물의 연합진군은 갑자기 뒤로 뒤로 퇴군할 수밖에 없었다.

 무서운 힘의 기세로 몰려갔던 붉고 누른 물결이 다시 맹렬히 돌쳐서며 내려오는 물의 세력과 물러나는 반동적의 수력이 한데 합하여 두렵게 큰 위력을 가지고 불행한 운명에서 떨고 있는 영산포 시내를 휩싸버렸다. 내려갈 때 겨우 물결의 험한 손길을 면하였던 조금 높은 곳에 있는 전답과 인가들도 퇴군한 수군의 최후 발악적 습격에는 드디어 전멸하고 말았다.

언덕이 무너지며 집들도 함께 헐어지고 떠내려가지 못한 집들은 꽉꽉 찌그러졌다.

개산 시령산이며 운곡리 뒷산 등 높은 곳에는 아기들을 업고 안고 울며 부르짖는 사람들의 흰옷 그림자가 사납게 쏟아지는 빗발 속에서 처참한 광경을 곳곳이 나타내고 있었다.

나주 정거장은 물에 잠기고 기차선로는 끊어져 문명의 빛난 무기도 누르고 붉은 물결만은 이겨낼 수가 없었다.

삼도리, 길옥구, 옥정, 신기촌, 광볼, 덕치, 강경골, 가마테, 영산리, 새올, 톳게리, 도총, 돌고개, 원촌이며, 금천면, 신가리 등의 이재민들은 전부가 다 농민인 중에 가난한 상인들도 끼어 있었다.

왕곡면 옥곡리와 다시면 죽산리는 아주 전멸하여 버리고 말았다.

물에 잠긴 영산포 시가를 경계하느라고 경종은 밤새도록 울고 울었으나 그릇 몇 개와 옷 보퉁이 하나씩을 들고 어린애들을 업고 안고서 높은 곳에서 물결에 삼켜진 집터들을 내려다보며 비에 폭 젖은 옷을 입고 울고 떨고 섰는 이재민들과 한집 속에 칠팔 가족의 식구들이 웅게중게 모여 비 맞은 병아리들처럼 우들우들 떨며 있는 그들에게는 아무런 구원도 되지 못하는 차디찬 시끄러운 고동 소리로밖에 들리지 않았다. 영산교 높은 다리 밑에는 탁랑濁浪이 석 자의 거리를 남기고 흉녕한 손길을 넘실거리고 있고 시가 중에 있는 이 층 지붕에는 발동선이 닿아 있으며 삼십사 년 전 신축년 대홍수 이래로 처음 당하는 그때보다 석 자가 더 자라는 대홍수이었다. 보통 장마 때에도 홍수의 재난을 받지 않으면 아니 되는 우리 주인공 송 서방은 이 적파 속에서 어찌되었는가?

4

억수로 퍼붓는 빗속에서 영산리의 밤은 깊어갔다. 송 서방 내외는 집 안에 들어온 물을 빼낸다 개울둑을 쳐낸다 하느라고 종일을 비를 맞으며 돌아다니기 때문에 밤이 되어 몸이 노곤해지며 졸음이 폭폭 왔다. 전에 해본 경험대로 대낀* 보리를 있는

\* 애벌 찧은 보리를 물을 쳐가면서 마지막으로 깨끗이 찧는 것.

대로 다 털어서 밥을 한솥 가득히 짓고 된장과 무짠지를 곁들여서 큰 바구니에 담아놓고 물 한 병을 담았다.

그리고 식구대로의 의복을 풀도 못한 채로 보통이에 싸고 그릇 몇 개를 넣어 묶어서 배 속에다 넣어두었다.

이제 물이 집 속에 가득히 들어 기둥에 매어둔 배 두 척이 둥둥 뜨면 식구들은 그 배 속에 들어가 물이 빠질 동안 그 밥과 물을 먹으면서 기다릴 심산이었다.

만단의 예비를 해두고서 물 들어오는 것을 지킬 양으로 아이들은 재우고 두 내외는 쭈그리고 앉아서 빗소리를 들어가며 밤을 새우려 하였으나 스르르 감겨지는 두 눈에 마당에 고인 물빛이 희미하게 보이는 듯 마는 듯 하다가 그들은 앉은 채 쓰러져 잠깐 잠이 들었다.

별안간 왁자하는 소리에 잠이 깨어 저승에서 들리는 듯이 처참하게 들려오는 고동 소리가 들렸다. 영산강 물이 넘었다는 신호이었다.

뒤미처 송 서방을 부르는 소리가 들렸다.

"명칠이! 명칠이!"

송 서방은 화닥닥 뛰어 일어나 대답하였다.

"영산강 물이 넘었다네. 큰일 났네. 어서 식구들 데리고 나오소."

덕성이와 윤삼이는 새벽빛에 물빛이 희끄무레한 속으로 두 손을 치며 소리쳤다.

"어서 자네들이나 피하소. 사람의 생사화복이 천리대로 되는 것이니까 내가 여기서 피해 나간다고 죽을 놈 안 죽는단가? 목숨만 길면 불속에서도 살아나는 것일세. 염려 말고 어서들 가소."

송 서방의 말소리는 극히 침착하였다.

"에이, 돌멩이 같은 사람! 어린것들이 불쌍하지도 않은가? 그래 안 나올 텐가?"

그들은 성이 나서 부르짖었다. 강물이 넘었다는 사이렌 소리를 듣고 여러 동리에서는 물을 피하려는 준비에 급급하여 여기저기서 마주 소리치는 소리가 들려왔다.

"예끼, 못된 작자! 죽거나 말거나 하소. 우리는 가네. 원 사람도 엔간해야지."

성미 급한 덕성이는 악을 버럭 쓰고 휙 돌아서서 윤삼이를 데리고 가버렸다.

두 내외는 아이들을 깨우고 나서 보리 가마니를

날라다가 방 안에다 쌓았다. 보리 양식도 겉보리까지 다섯 가마니밖에 남아 있지 않았다.

송 서방은 큰 동아줄을 가지고 와서 기둥을 붙들어 매고 남은 한 가닥은 집 뒤에 서 있는 포플러 나무에 매었다. 그리고 쭉 둘러서 있는 포플러 나무마다 올라가서 굵은 줄을 매어 늘여놓고 장대를 한 개씩 걸쳐놓고 내려왔다.

앞뒤로 질펀하게 있는 논밭을 삼키고 밀려오는 누른 물결은 넘실넘실 뱀의 혀끝처럼 남실거리며 차례차례 몰려오기 시작하더니 염치없이 마당으로 달려들었다. 이리저리 바쁘게 왔다 갔다 하는 송 서방의 걷어 올린 무릎을 넘어 황톳물은 넓적다리까지 올라왔다. 물결은 사정없이 닥쳐들었다. 툇마루로 방으로……

아이들은 방 속, 찰랑거리는 물속에서 발을 구르고 울고 송 서방 마누라는 어린애를 안고 갈팡질팡하였다.

송 서방이 물에 잠긴 마당에 들어서서 아이들을 배에 태우려고 저쪽으로 밀려가는 큰 뱃줄을 잡아 내리려고 할 때 잠깐 사이 그야말로 눈 깜짝할 사이였다. 붉은 물결이 영산강 하류 쪽에서 왈칵 달려들어 자기 딴은 굳게 잡아매어 놓은 줄 알았던 큰 배가 물결에 휩싸여 떠밀렸다.

 송 서방의 식구들은 비명을 질렀다. 급한 물결에 떠밀린 큰 배는 물 가운데 밥 바구니와 물병을 담은 채 한 번 빙 돌다가 하류 쪽으로 떠내려간다. 송 서방은 그 배를 잡으러 갈 듯이 허우적이며 쫓아가려 하였다.

 "아이고, 애기들을 어쩌라고 배 잡으러 갈라고 그래요? 윤성이는 어디 가서 안 오는고?"

 마누라는 겁결에 당목 찢어지는 듯한 소리를 지르면서 남편을 불렀다. 송 서방의 큰 보배요, 유일의 재산이 되는 그 큰 배가 떠내려가고 말아 송 서방의 믿음과 희망은 아깝게 깨어지고 말았다. 그의 몸을 지탱하고 있는 뼈가 뚝 부러지는 것 같으면서 다리에 힘이 풀리고 손에는 맥이 없어지는 듯하였다. 큰 배는 쫓아가면 잡힐 듯하였다. 송 서방의 마음은 갑자기 황황하여졌다.

 침착하고 신중하던 송 서방의 온갖 정신은 큰 배를 따라가고 있었다. 두 번째 부르는 마누라의 소리를 듣고서야 송 서방은

 "저—기 떠내려가는 배는 우리 배요."

하고 누구에겐지 모르게 향하여 소리쳤다.

윤성이가 가슴에 닿는 물결을 헤치고 달려왔다. 송 서방은 작은 배에 두살먹이와 쌀례와 귀성이와 꽃례에게 옷 보퉁이를 들려서 꽃례까지 타게 하는 동안 윤성이는 어머니를 포플러 나무에 올라가게 하여 줄로 몸뚱이를 묶어놓고 다시 내려와서 아버지와 함께 물결과 싸우면서 작은 배를 끌어다가 큰 포플러 나무에 매어놓았다.

"애기는 나 줘! 윤성아, 애기는 이리 데려온나!"

하고 그의 어머니는 소리쳤다. 아기도 어머니의 소리를 듣고는 두 팔을 벌리고 포플러 나무를 쳐다보며 킹킹거렸다. 물은 이미 포플러 나무에도 얼마만큼이나 올라왔다. 윤성이는 나님이를 안아다가 겨우 어머니에게로 올려 보냈다. 어머니는 약한 줄에 몸을 맡겨 몸뚱이를 아래로 기울이고 두 팔을 벌려 아기를 안아다가 아기는 가운데 두고 다시 두 팔로 포플러 나무를 안았다.

이 모든 비참한 광경을 모르는 체하고 비는 그대로 쏟아지고 물은 넘실넘실 급하게 늘어 윤성의 집도 절반 넘어 잠기고 영산포 시내와 이웃 동리에서 피난하는 사람들의 부르짖고 헤매는 그림자가 황황하게 덤비며 망망한 들에는 누른 물결보다도 붉은 물결이 도도하여 점점 나지막한 하늘에 접근하고 있는 듯하였다.

송 서방과 윤성이도 포플러 나무에 각각 올라갔다. 작은 배에 옹기중기 모여 앉은 세 남매는 세차게 내리는 빗속에서도 그들의 부모와 오빠의 올라앉은 포플러 나무를 번갈아 쳐다보느라고 얼굴 정면에 억센 빗줄기를 맞고 있었다.

"쳐다보지들 말고 가만히 업대어* 있거라. 가마니때기를 꽉 쓰고 꼼짝들 말어, 응."

하고 그들의 어머니는 가끔 소리쳤으나 나님이의 울음소리가 날 때마다 세 아이는 거적을 벗고 어머니를 쳐다보며 눈물을 흘렸다.

가난한 농촌에 가뭄이라는 뒤를 질러 사람의 마음과 풀잎들을 태우던 하늘은 이제 다시 홍수로써 사람과 집과 곡식과 가축까지를 깨끗이 씻어버려 주고 말았다.

이러한 비극을 연출시키고 그침 없이 쏟아지는

* 엎드려. '업대다'는 '엎드리다'의 방언.

빗속에서 이날도 저물었다. 어두컴컴한 빛 속으로 납덩이처럼 무겁게 내려앉은 하늘과 뻔뻔스럽게 넘실거리는 흐린 물결은 서로 닿을 듯 닿을 듯 하였다.

영산강 상류로서는 집이 몇 채인지 모르게 많이 떠내려오고 마주 보이는 거대한 건물인 정미 공장도 물결에 쓸려가버렸다. 오래된 집들은 대개 물속으로 슬그머니 가라앉았다. 윤성의 지붕에는 닭들이 옹기종기 모여 앉아서 떨고 있었다. 송 서방은 배 속에 웅그리고 떨고 있는 자녀들과 지붕에 모여 있는 닭들을 내려다보고 한숨을 쉬며 두 동무의 후정을 거절한 것을 절절히 후회하였다. 끽―끽 하는 짐승의 비명이 들리며 검은 몸뚱이가 허우적이며 떠내려간다.

"아이고, 아까운 내 돼지! 아이고, 아깝고 불쌍해라…… 새끼조차 밴 것을 갖다가……"

마누라의 부르짖는 소리가 들렸다. 귀성이의 소리가 갑자기 들렸다.

"어머니, 우리 검둥이는 어디로 갔소?"

과연 그들은 검둥이의 간 곳을 모른다. 모두가 잠잠한 것을 보고

"나는 몰라야. 검둥이가 죽었으면 나는 몰라."

하고 귀성이가 울음을 내놓고 꽃례는 식구처럼 생각하던 닭들이 죽을 것을 생각하고 쌀례는 못 먹은 참외 수박 생각을 하며 덩달아 울면서 같이 검둥이를 조상하였다.

송 서방의 집은 지붕에 닭들을 인 채로 어둠 속으로 흘러간다. 지붕에서 아물거리는 닭들의 흰 그림자가 아니 보일 때까지 송 서방은 이때까지 참았던 울음을 목 놓아 울었다. 마누라도 소리를 내어 울고 아이들도 울었다. 어디로선지 남녀의 부르짖는 소리 외치는 소리가 끊이지 않고 들리며 가끔 소리를 지르고 있는 사이렌조차 목이 쉰 듯이 들렸다.

밤중에는 서로서로 잠자지 말라는 소리를 주고받았다. 밤이 깊어갈수록 폭풍우는 점점 더 세어 갔다. 일어나는 줄 모르게 일어난 바람이언만 괴롭고 두려운 지루한 이 밤이 겨우 지나고 새벽녘이 되었을 때는 붉은 물결이 바다에 일어나는 파도처럼 펄쩍 뛰어 솟아 꿈틀거렸다. 물결은 점점 더 크게 솟아올랐다.

망망한 나주 바다에는 붉은 파도가 흉흉하였다.

물결이 뛸 때마다 작은 배 속에 있는 세 남매는 악을 쓰고 서로 붙들고 울었다.

송 서방의 마누라는 그 소리를 들으며 가슴이 찢어지는 듯이 아팠다. 이틀 동안이나 온전히 굶은 연약한 기질에는 젖을 있는 대로 다 빨아 먹어버린 어린애가 붙어 있었다. 그러나 나님이는 엄마보다도 더 배가 고프다고 울었다. 가슴속에 박혀서 젖꼭지만 입에 물고 젖이 나지 않는다고 킹킹거리다가 힘대로 쭉쭉 빨 때는 전신의 피가 몰리는 듯이 젖꼭지가 몹시도 아팠다.

그뿐이랴. 가끔 구렁이가 척척 나뭇가지에 걸치고 그의 어깨에 걸쳐 올라올 때마다 그는 자지러지는 듯한 비명을 질렀다. 구렁이에게 한 번씩 놀랠 때마다 전신에서는 식은땀이 쭉— 흘렀다.

그는 나뭇가지에 걸쳐 있는 막대기를 겨우 한 손으로 잡아서 척척 엉기는 구렁이를 떼어내버려도 구렁이는 얼마든지 흘러가는 물결에서 감겨들었다. 고로와 굶음으로 기운이 저상한 송 서방과 윤성이도 뱀의 수난으로 몇 배나 더 몸이 지쳐짐을 느꼈다.

바람의 기세가 더욱 험악해가는 것에 눌렸음인

지 비는 훨씬 줄기가 가늘어지고 이따금 폭풍에 휩쓸려 굵은 빗방울이 홀 뿌렸다. 송 서방과 윤성이가 올라앉은 포플러 나무 가지가 뚝뚝 분질러졌다. 작은 배는 물결대로 올랐다가 내려앉을 때마다 아이들은 기절하는 듯한 소리를 질렀다. 그중에도 쌀레와 귀성이는 배가 고프다고 어머니를 쳐다보며 울었다.

몇 번이나 구제하러 오는 듯한 배가 보이기는 하였으나 미친 물결이 방향 없이 날뛰는 이 근처에까지는 도저히 가까이 올 수가 없었던지 기어코 오지 못하고 말았다.

작은 배의 위험이 경각에 있는 것을 알아차린 윤성이는 자기를 묶었던 줄의 한끝으로 자기의 허리를 굳게 동이고 나무에서 뛰어내렸다. 윤성의 뛰어내리는 것을 멀리 바라보던 그의 동지인 동무들은 아우성을 치며 배를 탁랑에 띄워 다섯 사람이 올라타고 이리로 오려고 갖은 애를 쓰는 모양이었다.

윤성이는 포플러 나무와 나무의 사이를 익숙한 헤엄질로 더듬어 작은 배의 줄을 잡았다. 동아줄의 길이대로 떠밀려 있는 배는 다행히 그 옆 포플러 나무 근방에서 빙빙 돌면서 뛰고 있었기 때문에 한 팔로 물속에 들어 있는 포플러의 몸을 안고 한 손으로 필사적의 힘을 내어 줄을 당겼다. 몇 번인지 모르게 윤성의 몸은 떠밀릴 뻔하면서도

"애들아! 나무 밑으로만 배가 가서 닿거든 누구든지 늘어진 줄만 잡고 뛰어올라라."

하고 외치는 소리를 잊어버리지 않았다.

송 서방이 나무마다 늘여놓은 줄 끝은 물에 잠겨졌다가도 바람에 따라 고기 뛰듯이 펄쩍 뛰며 날렸다.

귀성이가 먼저 줄을 뛰어 잡았다.

"애— 장하다."

하고 송 서방 내외와 윤성이는 감격한 소리로 귀성이를 칭찬하였다.

여덟 살 된 어린것이지만 극히 영리한 귀성이는 장난할 때부터 나무에 오르기를 다람쥐처럼 하였기 때문에 대롱대롱 매어달리며 애를 써서 줄을 타고 올라가 포플러 나무를 안았다.

"아이고, 꽃례도 줄을 잡았구나."

환희에 찬 어머니의 부르짖는 소리가 들리며 꽃례도 줄을 붙들고 최후의 용기와 힘을 내어 줄을

타고 올라갔다.

그 순간!

"아이고 저것!"

"아이고 어매!"

하는 부르짖음과 함께 쌀례 혼자 남은 작은 배가 팔딱 뒤집히며 쌀례는 뛰는 물결에 휩쓸리고 말았다.

"아이고 어찌끄나! 쌀례야! 아이고 쌀례 떠내려가네! 사람 살리소!"

그 어머니는 쉬지 않고 울며 소리쳤다.

윤성이는 쌀례의 가는 방향대로 헤엄쳐나가려 하였으나 허리를 붙들어 맨 굵은 줄은 우애와 의협심으로 가득 찬 윤성의 몸을 놓아주지 않았다. 떠내려가는 쌀례는 두 손을 저으며 허우적거렸다. 작고 붉은 손이 보일 때마다 송 서방 내외는 악을 쓰며 울었다.

"사람 떠내려가네!"

하고 외치는 소리가 여기저기서 났다. 벌써 쌀례는 가물가물 작은 손을 보이며 멀찍이 떠내려갔다.

"어짜꼬! 쌀례야! 우리 쌀례 좀 건져주시오."

"아이고매 쌀례야! 아이고 쌀례야!"

그 어머니는 나무 위에서 몸을 가누지를 못하고 소리를 치며 울었다. 꽃례와 귀성이도 목을 놓고 울고 송 서방은 눈동자가 거꾸로 선 듯한 흥분을 느껴 숨을 씩씩거리며 몸을 떨고 있었다.

윤성이는 하는 수 없이 나무에 뛰어올라 쌀례의 떠내려간 것을 바라보고 주먹으로 가슴을 치며 이를 악물고 주린 사자처럼 꿍꿍 앓는 소리를 내다가 다시 주먹으로 포플러 나무를 힘껏 두드리며 무겁고 뜨거운 깊은 한숨을 불기운같이 내뿜었다.

사람 떠내려간다는 소리에 사람들은 와글와글 물 끓는 듯한 소리를 내며 영산교 위로 떼 지어 몰려갔다.

읍내 유지로 된 구호반과 각 신문지국의 구호대들은 갈팡질팡하고 쫓아다녔다. 사람들은 영산교 위에서 줄을 자꾸 던졌다.

그러나 아무리 그것들이 목숨을 살리려는 생명의 줄이라 한들 맑은 정신은 이미 없어지고 오직 탁랑에 휩쓸려 떠내려오는 어린 쌀례의 눈에 어찌 물결에 밀리는 가느다란 줄이 보일 리가 있을 것이랴?

쌀례를 몰고 오던 험한 물결은 뭇 사람의 안타

까운 외침을 모른 체하고 다리 아래로 슬쩍 지나가버렸다.

사람들은 발을 동동 굴렀다. 읍내서 물 구경 왔던 부인들 중에는 물에 희생된 작은 제물의 흘러가는 뒤를 향하여 손에 들었던 우산을 던지며 소리쳐 우는 이도 있었다. 이 광경을 목도한 윤성의 동무들의 젊은 가슴은 훨훨 달아올랐다. 다섯 사람은 사납게 펄펄 솟아오르는 붉은 물결을 눈 흘기며 노를 저어 윤성에게로 향하였다. 노를 젓는 네 팔뚝에는 의분의 힘이 올라 우둘우둘 떨렸다. 그러나 거의 가까이 그곳에 닿으려 하였을 때 급히 쳐내리는 물결에 노는 뚝꺽 분질러졌다. 노를 잃어버린 배는 금시에 전복되려 하였다.

그중의 두 사람은 물결에 향하여 호통 소리를 지르며 포플러 나무에 뛰어올랐다. 물결에 떠밀려 위험에 빠진 배는 가까이 떠온 배에서 던지는 줄을 잡고 겨우 안전지대에 들어갔다.

삼십오 년 만에 처음인 큰 홍수를 빚어낸 무서운 비는 내리기 시작한 지 닷새 만에야 겨우 완전히 그쳤다. 폭풍도 쌀례를 죽이는 소동을 일으키고 나서는 잠이 든 지 하루가 지난 칠월 이십이 일! 송 서방의 일곱 식구가 포플러 나무에 목숨을 맡기고 이 주야를 경과한 사흘째 되는 날에야 그들은 윤성의 동무들의 구원함을 받아 배를 타고 관중으로 들어왔다.

사흘이나 굶고 그 위에 몸을 두 팔에만 맡겨 나무에 매어달렸던 그들은 ××일보 지국장의 안내로 여관 방 안에 들어오자 아이들은 퍽퍽 쓰러졌다. 송 서방은 정신 빠진 사람처럼 멀거니 앉았고 그의 마누라는 펄썩 주저앉으며 주먹으로 방바닥을 치면서 울기를 시작하였다.

"아이고 쌀례야! 너만 없구나! 어디 가고 없냐! 아이고 쌀례야! 어린것이 무슨 죄로 물에 빠져 죽다니! 응? 이것이 무슨 일이여."

그는 소리를 버럭 지르며 또 한번 방바닥을 두드렸다. 기운이 지쳐서 울음소리에 섞인 말소리조차 분명치 못하였다.

"아이고 세상에 이런 일이 어디 있으끄나! 누구 죄로 어린 네가 그리도 몹시 몹시 그렇게도 불쌍하게 죽었단 말이냐! 아이고 원통하네! 참외 수박 노래를 그렇게도 불러쌓더니…… 아이고 쌀례야!

쌀례야!"

 그는 몸부림을 탕탕 치며 쌀례를 부르면서 방바닥을 득득 할퀴었다.

 "우리 쌀례는 지금 어디로 떠댕기는고? 만경창파 바다 중에 어디로 떠댕김서 애비 에미 원망을 하고 있으끄나! 아이고."

 그의 울음소리는 목구멍 속에서 콱콱 막혔다. 여관 안팎으로 모여 섰던 사람들 중에서는 흑흑 느끼는 소리까지 들려왔다. 송 서방은 주먹으로 눈물을 씻고 윤성이는 어머니를 붙들고 위로하였다.

 "아이고 몹쓸 일도 있다! 어린것이 무슨 죄로 고기밥이 된단 말이냐. 아이고 쌀례야! 내 쌀례야! 왜 쌀례 죽였소? 왜 당신은 어린 자식을 죽였소?"

 그는 주먹으로 방바닥을 치며 송 서방에게로 달려들었다.

 "해마다 해마다 그 꼴을 당하면서도 무엇이 못 미더워서 그렇게들 두 번이나 와서 나오라고 해도 안 나가고 뭉개드니마는 기어코 자식을 죽일랴고 고랬지라우? 아따 아따 하늘은 야속하네, 하누님도 무정하네!"

 그는 미친 사람처럼 부르짖으며 몸부림을 쳤다.

꽃례와 윤성이는 앞뒤로 어머니를 붙들고 달래었으나 그는 듣지 않았다. 귀성이와 꽃례 나님이까지도 소리를 내어 울고 송 서방은 갑자기 '우후후' 하는 소리를 내어 창자에서 울어나는 듯한 울음을 울었다.

"자식 잃고 집 잃고 곡식 잃고, 아이고 무엇을 바라고 어떻게 살아갈꺼나."

송 서방의 말소리는 무겁게 울려 나왔다. 점심상이 들어왔으나 꽃례와 귀성이까지도 밥 한 그릇을 다 먹지 못하였다.

송 서방과 윤성이는 신문기자들의 묻는 대로 겨우 대답을 하고 있고 아이들은 구호반이 준 의복을 바꿔 입었다. 송 서방의 마누라가 지친 듯이 한쪽에 가 누워 있는 곁에 어린애는 젖꼭지를 물고 있었다.

하룻밤을 자고 이튿날 새벽에 어린것들을 데리고 여관에서 나온 송 서방은 갈 곳이 없었다. 어디로 가나? 집터는 물에 잠긴 채 흔적도 아니 보이고 몸에는 비에 젖었던 헌 옷뿐이니 어린 자식들을 거느리고 장차 어디로 가서 어떻게 살아갈 것이냐? 송 서방의 눈에서는 굵은 눈물방울이 뚝뚝 흘러내렸다.

길모퉁이를 돌아설 때 윤성의 동무들이 몰려오다가 마주쳤다. 그들은 일곱 식구를 데리고 대흥이네 집으로 갔다. 평시에 송 서방 내외가 그다지도 미워하던 유동이, 만성이, 대흥이건만 그들의 친절함은 말할 수가 없었다.

대흥의 부모는 그들에게 방 한 칸을 주고 물이 빠질 때까지 있으라 하였다. 쌀과 나무와 반찬 등은 윤성의 동무들이 번갈아가며 가지고 왔다. 며칠을 지내는 동안 송 서방 내외는 대흥이 그 부모에게 점점 마음 깊은 온정을 느끼게 되었다. 대흥의 부친은 김 선생이라고 부르는 전에 선생까지 지낸 사람이었으므로 송 서방은 그를 딴 세계의 사람으로 대하여왔었다. 김 선생은 대흥이와 같은 불량한 사람으로 윤성이까지도 버려주는 사람이라고. 그러나 삼사 일을 지내는 동안 이 집에 모이는 윤성의 동무들이나 이곳에 출입하는 사람들이 허 부자와는 정반대로 정답고 착하여서 송 서방 자기네와 같은 가난한 농민들을 위하여서는 목숨이나 재산이라도 바치는 과연 믿을 수 있고 고마운 사람들이라는 것을 확실히 깨닫게 되었다.

또 사흘이 지났다. 나주 영산포의 각 동리를 망해준 누른 물결은 볼일 다 보았다는 듯이 완전히 빠지고 조롱하는 듯이 따갑게 비춰는 햇빛에 젖은 땅들은 말라가기까지 하였다. 피난 갔던 윤삼이와 덕성이가 김 선생 집으로 찾아왔을 때 송 서방은 그들을 붙들고 통곡하였다. 송 서방의 식구는 영산리 그들의 집터에 왔다. 활짝 씻겨버린 붉은 땅에는 다만 뜨물동이와 물항아리와 장독의 그릇 몇 개가 진흙투성이가 되어 놓여 있을 뿐이었다.

송 서방의 마누라는 참외밭 자리로 달려갔다. 참외 수박의 줄기들이 흙물에 녹아버린 것을 보고 그는 땅에 주저앉아서 쌀례를 부르며 울었다.

송 서방은 뿌리까지 녹아버린 논가로 빙빙 돌아다니며 한숨만 쉬었다. 윤성이는 아버지 곁으로 가까이 왔다.

"아부지! 이렇게 참혹한 일을 당한 것이 우리뿐만이 아닌 줄은 아시지라우? 아까 오면서 보시지 않았소? 꽉 짜그러진 집들 헐어진 집들이 얼마나 많습데까? 그 사람들의 논도 다 이 모양이 되었을 것이오. 그러니 말이요, 아무리 천리로 이렇게 됐다고 하지마는 요렇게까지 가련하게 된 사람들은 다 우리 같은 가난한 사람뿐이 아니오. 저번 날 김 선생 말씀같이 울고만 있을 것이 아니라 어떻게 살어갈 도리를 깊이깊이 생각해봐야 안 쓰겠소?"

윤성의 말소리는 부드러우면서 힘이 있었다. 송 서방은 고개를 끄덕끄덕하며

"오냐, 알어들었다. 인제는 내가 그전 그 사람이 아니다. 내가 지금은 김 선생의 말이나 너그 동무들의 말이 다 옳고 우리한테 이익 되는 말인 줄 안다. 그러니까 그 사람들의 말이라면 어떤 말이든지 듣고 그대로 할라고 작정했다. 참말로 울고만 있어서 쓸 것이냐? 손가락을 깨물고라도 살어갈 도리를 차려야지……"

하고 다시 논들을 죽 둘러보며 한숨을 쉬었다. 저편 참외밭에는 그의 마누라와 세 남매가 모여 앉어서 아직까지 울고 있었다.

"윤성아! 가서 그만들 울고 정신 차리라고 해라. 응, 어서."

"예— 그런데 오늘 밤 시령산에서 홍수에 해 받은 사람들이 모여서 무슨 의논들을 한다고 하는데

아부지도 가시지요?"

윤성이가 아버지를 쳐다보고 물었다. 송 서방은 무거운 발길을 돌리며

"암—은, 가고말고. 다 우리 일인데…… 윤삼이랑 덕성이도 같이 갈 것이다."

하고 논둑길을 앞서서 걸어간다.

모든 일을 천리와 팔자로만 알아버리던 명칠이는 홍수로 인하여 딸과 집과 가축과 곡식들을 잃어버린 대신 그보다도 더 크고 귀중하고 위대한 무엇을 찾게 되었다. 그의 뒤를 따라가는 윤성의 입가에는 기쁨의 미소가 돌고 눈에는 아버지를 동무로 얻었다는 승리의 자랑의 빛이 가득하였다. 오정을 알리는 사이렌 소리가 청명한 하늘에 기운차게 울렸다.

《신가정》, 1934. 9.

소설
*
호박

"음전아!"

장독 곁에 앉아서 좁쌀을 씻고 있던 어머니가 음전이를 불렀다.

"음전아, 어머니가 부르신다."

마당에서 모밀을 떠느라고 도리깨질을 획획 하며 돌아다니던 종국이가 누이에게 어머니의 뜻을 전했다.

방문턱에 한쪽 무릎을 얹고 앉아서 바느질하기에 정신을 골똘히 들이고 있던 음전이가 그제야

"네?"

하는 부드러운 대답 소리를 내면서 마루로 나왔다.

"이리 좀 오너라."

어머니의 목소리가 모퉁이를 돌아왔다.

음전이는 오른손에 실이 길게 달려 있는 바늘을 들고 왼편 손으로는 실 끝을 맺으면서 고무신을 끌고 어머니에게로 갔다. 긴 머리채에 잔털이 부수수하게 일어난 것이 불그레한 그의 두툼한 얼굴을 한층 더 돋보이게 하였다.

"호박 하나 있지?"

하고 어머니는 딸을 쳐다보았다.

"저, 저, 인제는 하나도 없어라우."

"없다니? 아침에 광 속에 하나 있는 것을 봤는디 없어?"

어머니의 눈이 동그래졌다.

"고것은 뒀다가 설에 떡 해 먹······"

"흥, 아주 예산은 단단히 잡어놨구나. 다 큰 것이 설 말을 어느새부터 해서 되까?"

하고 어머니는 한창 피어 있는 딸의 얼굴과 몸매를 훑어보고 나서

"호박 그것 내다가 갚아서 삐져라. 그리고 이것 이따가 건져서 쿵쿵 모사갖고 호박죽 쒀라. 내가 일어서 담거놓고 나가께······"

하고 계란 풀어놓은 듯이 노르스름한 좁쌀 씻은 물을 바가지에다가 따랐다.

"그것 하나만은 애껴놨다가 설에 떡 해 먹자니께는……"

음전이는 어머니의 명령을 거역할 듯한 눈치를 보였다.

"저것은 호박 해 먹을 때마다 저렇게 앙글앙글 앙탈을 한다니께. 아 이것아. 설에 떡 해 먹을 쌀이 있드냐? 쌀 꼴을 볼랴면 지금이 볼 때여. 요새 같은 추수 때도 쌀 꼴을 못 보는데, 설이 언제라고 떡이 다 뭐여? 키만 엄부렁했지 저것도 철이 들랴면 안즉도 멀었다니께."

귀여워하는 뜻도 섞여 있기는 하나 무딘 칼끝만큼 날카롭게 나오는 어머니의 책망에도 음전이는 움쩍도 않고 그 자리에 꾹 서서 실 끝만 다시 맺고 있다.

"아, 어서 가서 하란게. 네 성은 종일 굶고 빨래하고 네 오래비도 점심 없이 일만 하는데 죽이남 둥 저녁이나 일찌거니 해줘야지. 잘난 호박을 뭣허러 저렇게 애껴싸까?"

어머니는 할 말과 할 일을 다 했다는 듯이 두 손을 치맛귀에 쓱쓱 문지르며 사립문 밖으로 나갔다.

음전이는 입을 뽀루퉁하게 내밀고 방에 들어와

서 바느질거리를 치워놓고는 마룻광으로 들어갔다.

"기—껏 잘 감춰논단 것이 뭣 허러 쏙 나와버렸든고 몰라."

하고 음전이는 시꺼먼 이불솜 밑에서 누런 몸뚱이를 반만큼이나 내어놓고 있는 호박덩이를 말썽부리는 강아지로나 여기는 듯 발끝으로 한 번 톡 찼다.

"그래도 요것은 어머니가 못 보셨거든."

그는 쪼그리고 앉으며 솜 속에 들어 있는 크고 길쭉한 호박을 꺼내서 자기에게 눈총을 맞아본 둥글납작한 호박 덩이와 나란히 놓았다.

"요것은 윤수 것이고."

하며 키 큰 호박을 눌러보고

"또 요것은 내 것인데."

하고는 둥근 것을 손가락으로 짚어보고 나서 바스스 일어나 물끄러미 호박을 내려다보았다.

나란히 놓여 있는 두 호박은 윤수와 자기가 그러한 사이인 것처럼 정답게도 보이고, 윤수와 둘이서 걸어갈 적에 윤수의 키가 제 어깨 위를 쑥 올라가듯이 그들의 서 있는 모양(앉아 있는지도 모르지만)도 그렇게 보였다.

"그런데 내 것은 오늘 없어지고 마네."

하고 음전이는 다시 주저앉아서 둥근 호박을 어루만졌다.

"떨어져서는 한시도 못 살 것 같던 윤수도 이천 리 타관에 보내놓고 살을란지라 이까짓 호박쯤 떨어진다고야……"

음전이는 가만히 속삭이며 가느다란 한숨을 가슴이 뽈록하도록 들이켰다가 내뿜았다. 가슴이 싸―해지면서 눈이 촉촉해졌다.

"요것이나 어따가 잘 간수해야지."

그는 윤수의 것이라는 호박을 두 팔로 껴안고 일어났다.

"내일이라도 이불을 할 테니 인제는 솜 속에다가도 못 넣어둘 것이고……"

하고는 사방을 휘휘 둘러보다가

"옳지! 내 부담상자 속에 넣어둬야지."

하고 묘한 꾀나 생각해낸 듯이 방긋이 웃었다.

그는 부담상자의 뚜껑을 열고 호박을 맨 밑바닥에 넣고 나서 의복가지로 그 위에 엄부렁하게 덮었다. 그리고 뚜껑을 막 덮으려는데

"누님은 뭣을 감추느라고 저러는고."

하는 종섭의 기탄없는 큰 말소리에 두 손은 그 자리에 꼭 붙어버렸다.

"저런 망한 것, 별 미친 소리를 다 하네. 감추기는 누가 뭐를 감춰?"

음전이는 종섭이를 돌아보면서 악을 바락 쓰며 말했고 악을 쓰고 나니 손이 풀려서 재바르게 상자 뚜껑이 덮여졌다.

항상 귀여워만 해주던 누님이 오늘따라 별나게도 쌀쌀하게 쏴붙이는 것에 노염이 나서 종섭이는 입을 비죽거렸다.

밖에 나갔던 어머니가 들어오면서 아직도 적적한 툇마루를 보고

"아니, 이 큰 애기는 어디 가서 뭣을 하길래 안즉도 시작을 않고 있다냐?"

하고 소리치다가 호박을 안고 마룻광에서 나오는 딸을 보고 그래도 자기의 영을 거역하지 않는 것만 다행하게 여겨 잠자코 모밀대를 털기 시작하였다.

음전이는 석작\*에다가 호박을 담아가지고 와서

---

\* 뚜껑이 있는 대나무 바구니.

닳아진 숟가락으로 호박 껍질을 갉아내기 시작하였다.

"까드락 까드락."

호박 껍질의 갉아지는 소리가 그의 가슴 깊이 울렸다.

생각하면 넉 달 전의 일이었다. 어머니와 오라범댁은 면화밭을 매러 가고 종국이는 논매러 가고 종섭이는 어머니를 따라가고 음전이 혼자 방에 앉아서 바느질을 하고 있을 때 그와 약혼한 윤수가 왔다.

"다들 어디 가셨어? 기심매러\*들 가셨어?"

하고 윤수는 조용한 집 안을 둘러보았다.

"그랬다우. 어째 오늘은 일 안 해요?"

"할 일이 있어야지."

윤수는 툇마루에 걸어앉았다.

"아무러면 할 일이 없을라고?"

음전이는 고개를 숙이며 소리 없이 웃었다.

"체— 일이야 수두룩하지만 논매는 일이 없으

---

\* 김매러. '기심매다'는 '김매다'의 방언.

니 일 없는 것이지. 이 집은 그래도 몇 마지기 심었지만 우리는 통— 한 마지기도 못 심고 말았으니 뭐. 이대로 비가 안 오다가는 심거논 것도 다 타버리고 말 것이어. 참, 이런 재변이 없다니까……"

제법 어른답게 한탄을 하면서 하늘을 쳐다보던 윤수는

"그것은 뉘 옷인고?"

하고 음전에게로 머리를 돌렸다.

"뉘 것이든지."

"아니, 어째 꼭 내 것 같으니 말이어."

윤수는 음전의 손에서 샛노란 삼베옷을 빼앗으려 하였다.

"어째서 그렇게 잘 알아요?"

하면서 음전이는 바느질감을 뒤로 뺐다.

사실 그것은 윤수의 잠방이였다. 항상 몸이 성치 못한 그의 형수가 바느질감을 잔뜩 가지고 앉아서 애를 태우는 것을 보고 음전이가 윤수의 것을 해주마고 가지고 와서 아무도 없을 때만 꺼내어 하는 것이었다.

"내 것이나 되길래 이렇게 혼자만 있을 때 정신을 들여서 바쁘게 하는 것이지 뭐."

"아갸 참……"

음전이는 얼굴을 붉혔다.

"그런데 저―기 저 울타리에 열려 있는 호박은 꼭 쌍둥이같이 나란히 열려 있네. 저것 좀 봐."

윤수가 손가락으로 가리키는 편으로 음전이는 눈을 보냈다.

과연 거기에는 기름이 흐르는 듯이 자르르 희게 윤이 나는 호박 두 개가 사발만큼씩 하게 달려 있었다.

"하나는 길고 하나는 둥글고……"

하는 윤수의 말을

"나무는 딴 나문데 그렇게 붙어 열렸네."

하고 음전이가 받았다.

"저쪽 긴― 것은 나고 이쪽 둥근 것은 음전이고. 둘이 그렇게 정답게 달려 있다고, 응?"

하며 윤수는 음전이를 들여다보았다. 음전이는

"뉘 것이 더 잘 크는가 보까?"

하고 윤수를 바라보며 생긋이 웃었다.

"그래, 어디 두고 보자고. 뉘 것이 더 잘 크나. 아니, 그러다가 또 내 것은 못 크게 할라고?"

하면서 윤수는 눈을 크게 떠서 음전이를 노려보

는 척하였다.

"아이참, 우섭네."

음전이는 가만히 소리를 내어 하하 웃었다.

윤수가 방으로 휘닥닥 뛰어 들어가서 음전이를 뒤로 꽉 한번 안아보고는 다시 마루로 나왔다.

그러다가 음력 칠월 그믐께 윤수의 형님네 가족이 이 동네에서 떠나는 스무 집 축에 들어서 함경북도 고무산古茂山이라는 곳으로 살러 가게 되었을 때 윤수는 조용한 틈을 엿봐가지고 음전이를 찾아왔다.

"두 집 어른들이 금년 농사만 잘되면 올가을에 대사를 치자고 하시더니만 금년은 대흉년이 들어서 고향에서도 못 살고 타관으로 쫓겨 가게 됐으니……"

"아니, 형님네하고 함께 떠날라고?"

음전이는 깜짝 놀라며 바늘 든 손을 멈추고 윤수를 쳐다보았다.

"안 가고 별수 있든가?"

윤수는 퉁명스러운 대답을 하면서 고개를 떨어뜨렸다. 음전이의 손힘이 사르르 풀리면서 바늘이 손에서 소루루 빠져 내렸다.

"내년 사월만 되면 다시 고향에 돌아올 수 있다니깐 한 몇 달 고생해서 돈 벌어 오면 좋지 않어? 그래서 내년 농사지어 가지고 가을에 혼인하게……"

"그래도……"

"그래도? 그래도 안 되겠단 말이지? 그렇지만 어쩔 수 있어? 내년에 혼인하면 똑 좋지. 나는 스물한 살 되고 음전이는 열아홉 살 되고……"

"누가 그런 말 가지고 그러는가 부네."

음전이는 윤수를 흘겨보는 척하며 떨어진 바늘을 찾아서 집어 들었다.

"일곱 달만 서로 고생하면."

윤수는 말끝을 끊으며 오른손 주먹으로 왼편 손바닥을 탁 때리면서

"내년 사월에는 더 반갑게 만난단 말이여."

하고 명랑하게 말하였다.

"일곱 달!"

음전이는 입속으로 말을 뇌어보며 바늘에 실을 꿰었다. 일곱 달커녕은 하루만 얼굴을 못 봐도 조바심이 나서 못 견디겠고 한나절만 울 밖으로 지나가며 말하는 그의 음성을 못 들어도 일이 손에

잡히지 않는데 일곱 달이나 떨어져 있다니……

"왜 하필 금년에사 말고 이렇게 땅땅 가물어서 야단인고 몰라."

음전이는 화를 폴썩 내면서 바늘을 쑥 잡아 뺐다. 실이 엉켜가지고 잘 풀리지 않으니까 그는 혀를 쩍 하고 채면서 실을 뚝 끊어버렸다.

윤수는 음전의 짜증으로 붉어진 곁얼굴을 거쳐서 호박잎에 덮인 울타리를 바라보며

"흥, 저 호박들은 여전히 의좋게 잘 커가는데……"

하고 나중 말을 삼키면서 한숨을 가만히 쉬었다.

"벌써 익어가는구만. 아따, 내 것은 퍽 크다. 익거든 따서 잘 간수해둬, 응?"

"익으면 뭘 하고 따서 두면 뭘 해?"

음전이는 여전히 토라져 있다.

"허허, 춘향이격 났네."

하고 윤수는 헛웃음을 웃고 나서

"따뒀다가 인편이 있으면……"

"인편이라니? 누가 그런 먼 데를 자주 왔다 갔다 하고 당길리라고……"

"참, 멀기야 정말 먼 데지. 이천 리도 더 된다니

까. 그러면 두말 말고 내년 삼월까지만 잘 둬두란 말이어."

하고 음전이의 머리채를 내려다보았다.

"내년 사월에는 정말로 꼭 나와요?"

비로소 머리를 든 음전이의 서늘한 눈이 윤수의 타는 듯한 시선을 받았다.

"오고말고."

윤수는 처녀의 손을 꼭 쥐었다.

"참말이지요?"

그의 잡힌 손가락이 윤수의 억센 손길을 꼭 되잡으며 따져 물었다.


'그러한 호박인 것을…… 열두 덩이나 되는 호박을 그새 다 먹고 이리저리 돌려 빼어 감춰뒀던 요것까지……'

하는 생각을 하니 또 화가 끓어올랐다. 그러나 참을 수밖에 없었다. 윤수의 것만이라도 잘 지키면서 내년 사월을 기다려보는 수밖에 없었다.

'어서 끓여가지고 오늘 밤에는 윤수 외갓집에를 한 그릇 가져다드려야지.'

하는 심산이 들자 손이 잽싸게 놀려져서 잠깐

동안에 호박죽이 다 되었다.

"아이고, 배고파. 어서 밥, 아니 참 어서 죽 줘."

하고 종섭이가 부엌문에서 끼웃거렸다.

"너는 점심을 먹고도 그러냐?"

의외에 누님의 말이 부드럽게 나오는 것을 보고 종섭이는

"누님, 내가 불 때주까?"

하고 부엌 안에 들어섰다.

"인제 다 했다. 종섭아, 너 오늘 밤에 나랑 어디 좀 가자, 응?"

하고 음전이는 죽을 그릇에 퍼냈다.

"응, 나 누님 말 잘 들으께, 죽 많이 줘, 응?"

"그래, 이거 봐라여. 이것이 네 죽이다."

"나 죽 깐밥*이랑 긁어줘, 응?"

종섭이는 맘 놓고 여러 가지 요구를 하는 것이었다.

아버지를 갖지 못한 다섯 식구가 황금색처럼 누—런 죽 한 사발씩을 들고 먹을 때

"어머니! 어째 우리는 항상 죽만 먹는다우? 그

* '누룽지'의 방언.

라고 밥도 꼭 보리밥만 먹고……?"

 이 집의 유복자인 종섭이가 단순하면서도 꽤 복잡한 질문을 하였다.

 "허, 그 자식 참. 가난한께 그러지 어째?"

 하고 종국이는 해죽이 웃고 앉았는 아내를 마주 보며 빙긋이 웃었다.

 "가난해도 다른 때 같으면 지금쯤은 쌀밥 맛을 볼 때지만 금년은 흉년이 들어서 농사가 안 됐은께 그런단다. 우리 동네에는 아무도 쌀밥 먹는 사람이 없단다."

 어머니가 자상스럽게 일러주었다.

 "석준네 집도 쌀밥 안 먹는다우?"

 "그 집도 올해는 쌀밥만 못 해 먹고 구지렁밥\*을 해 먹는단다."

 "우리도 저번 날 쌀 많이 있두만."

 종섭이는 마당에 눌러놓은 짚 노적을 돌아보았다.

 "참 철없는 애기다. 그것은 논 임자가 가지고 갔어. 서울서 쌀 받으러 오지 않았드냐? 그 논 임자

---

\* 잡곡밥.

가 가지고 갔은께 우리는 쌀 없단다."

어머니는 어이없다는 듯이 픽 웃었다.

"참 어쩔라고, 그래도 그 양정학교 논 열 마지기는 농사가 다 조곰씩이라도 됐든지……"

종국이는 혼잣말을 하면서 숟갈을 놨다.

"우리 논에서 났는디 어째 남이 와서 가지고 갔다우?"

종섭이는 숟갈을 입에 문 채로 물었다.

"죽이 먹기 싫은 것이로구나."

하고 어머니는 종섭이를 동정하였지만

"아따, 그 머슴애 참 미주알고주알 퍽 캐서 묻네. 저이 논인께 갖고 갔다 해도 그래? 어서 먹고 상 내놔. 얼른 치워버릴란께."

음전이는 종섭에게 눈짓을 해 보이며 어서 먹으라는 암호를 하였다.


차고도 맑고 맑은 시월 열나흘 날 달을 등불 삼아서 음전이는 종섭이를 데리고 윤수의 외갓집에 갔다.

음전이는 그 집의 귀하고 반갑고 중한 손님이었다. 더구나 노―란 호박죽을 한 양푼 가득히 가지고 갔음에랴.

"그것도 좁쌀로 해놓으니께 참 맛나다. 매물가리*로만 해 먹으니께 미끈덩미끈덩해서 맛도 없더니만……"

윤수의 외조모는 죽을 떠먹으며 연방 맛있다는 칭송을 하였다.

"우리 윤수는 호박범벅을 참 잘 먹느니라마는. 제 에미가 일찍 죽어서 내 등으로 업어서 키웠더니만. 없이는 살았어도 귀하고 귀한 내 자식이건만 지금은 천리타향에 가서 집도 절도 없이 이리저리 굴러댕기다니……"

목이 메는지 숟갈을 놓으며 한숨을 쉬었다.

"젠—장. 첨에 데려갈 때는 공장 속에 집도 있고 어쩌고 그리들 하더니 있을 데가 없어 길바닥에서 자고 길가에서 밥 끓여 먹고 그러기를 한 달 남짓 했다고 하드라."

하고 외숙모도 한 가닥을 들고 나섰다.

"아이고, 세상에 내 자식들이 길바닥에서 자고 살다니……"

외조모는 담뱃대를 들며 한탄을 하였다.

---

\* '메밀가루'의 방언.

"저 세맨또 공장이라고 했지요?"

음전이가 비로소 한마디를 물었다.

"아니 저 돌까리, 오 인자 본께 그 세맨또 공장이어. 그런디 이민들은 사방에서 모여들고 집은 없고 그래서 아조 집 곤란을 단단히 본 모양이드라. 아나 종섭아, 감 하나 먹어라."

외숙모는 종섭에게 홍시감을 주었다.

"저번 날 편지가 왔는디."

"아니 편지가 왔어요?"

음전이는 외조모의 말 중간에 끼어들었다.

사실은 그것을 알아보러 어머니의 눈치를 봐가며 앵돌아지려는 종섭이를 달래서 등성이 하나를 넘어서까지 이 집에 온 것이 아니던가?

"편지가 왔는데 어째요?"

음전이는 조모의 담뱃불 붙이는 새를 못 참아서 재차 물었다.

"거기는 솜옷을 입은 지가 한 달 전이나 되고 벌써 짐장*들을 다 하고 아조 겨울날이래여. 그런디 우리 윤수는 솜옷도 없이 그 복장 하나만 입고 있

* '김장'의 방언.

은께 칩다고……"

"속에다가 속셔츠를 입으면 덜 치울 텐데 셔츠가 없다요?"

"속셔츠가 다 뭐냐? 고향에서 못 살고 쫓겨 나간 새끼들이……"

조모는 두어 모금 빨아들인 담배 연기를 한숨과 함께 내뿜고 저고리 고름으로 눈을 닦았다.

음전이는 빈 그릇을 들고 등성이를 넘어오다가 학다리 정거장을 바라보았다. 윤수가 떠난 후부터는 밭에 나올 때나 샘길에 나올 때마다 첫눈에 띄는 것이 저 학다리 정거장이었다. 그리고 정거장을 보기만 하면 하루에도 몇 번씩이나 들어보는 기차 소리를 들을 때와 마찬가지로 가슴이 저리고 아팠다.

마침 목포에서 떠난 막차가 정거장에 들어 닿더니만 잠깐 쉬어서 다시 북쪽을 향해 떠났다.

"저 차만 타고 가면 나도 윤수 있는 고무산에 갈 것인데……"

기차조차 떠나버리고 없는 찻길인 듯한 자리를 멀거니 바라보며 음전이는 솟아나는 눈물을 치맛귀로 씻었다.

"누님이 울어야."

하고 종섭이가 해해 웃는 바람에 음전이는 발을 옮겨서 등성이를 내려왔다.

윤수와 둘이 가끔 만나서 속삭이던 참대밭을 지나올 때

"아이고, 치워라. 누님 얼른 집에 가."

종섭이가 음전의 손을 잡아당겼다.

'여기가 이렇게 치울 때 거기는 얼마나 몹시 치울까? 셔츠도 못 입은 사람이니 얼마나 떨어쌀꼬?'

바람에 불리는 대잎사귀의 버석거리는 소리가 애인을 잃어버린 처녀의 가슴을 점점이 에어내고 깎아냈다.


눈을 금시에 퍼부울 듯이 잔뜩 찌푸리고 있는 하늘은 눈은 쏟지 않고 쇠끝같이 날카로운 바람만 이리저리 휘갈기며 내때렸다. 바람 끝이 음전의 품속에 기어들 때마다

'어떻게 해서든지 셔츠를 하나 사서 보내야지.'

하는 생각이 일어났다.

'고추나 잘됐더라면 돈을 좀 만들 것인데……'

음전이는 새빨간 고추가 널려 있는 이 집 저 집

의 지붕을 쳐다보았다.

이날 종국이는 윤수에게서 왔다는 편지 한 장을 가지고 왔다.

어머니와 종국의 아내와 음전이는 누렇고 검은 얼굴에 절망의 빛을 띠고 있는 종국이를 둘러싸고 윤수의 소식에 귀를 기울였다.

"윤수의 형수가 늑막염이라는 병에 걸려서 죽게 된 것을 여기서 함께 간 이십 호의 동무들이 주머니를 털어서 병원에 입원시켰으나 퇴원한 열흘 후에 무참히도 객사했다."

는 종국의 보고에 세 여자는 기절할 듯이 놀랐다.

"여기서부터 그렇게 병이 들어 있는 사람을 끌고 그 먼 데로 갔거든 병이 더치지 않았겠냐?"

어머니는 까닭 모를 화를 냈고

"그렇지만 간 지 석 달 만에 그렇게도 허망하게 죽어버릴까?"

종국의 아내는 자기가 의사나 된 듯이 고개를 기울이며 탄식하였다. 그러나 음전이는

"한 달이나 길거리에서 잤다니 죽지 않고 어쩔 것인가?"

하는 속말을 하며 입술을 지그시 깨물었다.

"아니, 그 두 새끼들은 어찌 될 것이냐? 세상에 몹쓸 일도 많다. 무슨 죄로 천리타관에서 객사를 한단 말이냐?"

어머니는 입술을 불면서 울었다.

"그렇게 착하고 어진 댁네가 참……"

종국의 아내도 눈물을 씻었다. 음전이는 부엌으로 나와서 실컷 울었다.

'형수도 없이 밥은 누가 해 먹으며 아이들하고 의복 같은 것은 어쩌는고?'

이런 생각을 하니 저녁차로라도 음전이 제가 올라가서 윤수의 받는 고초를 함께 겪어야만 할 것 같았다. 그러나 그것은 꿈이었다. 도저히 실현할 수 없는 꿈이었다.

'어쩌면 내게도 편지 한 장을 않고 마는고? 자기 손으로 잘 쓸 줄 알면서도……'

이렇게 트집을 잡자면 야속한 맘도 들지마는 그것은 잠깐이요,

'어떻게 해서든지 셔츠나 꼭 하나 사 보내야 하겠다.'

하는 생각만이 굳게 들어갔다.

머리에서 뱅뱅 돌고 있는 결심은 날마다 커갔

다. 그러나 셔츠를 살 만한 돈은 늘어가지 않았다.

'셔츠 하나에 칠십 전씩 한다는데 지금 내게는 사십 전밖에 없으니……'

음전이는 초조하였다. 그러나 그 사십 전이란 돈은 음전이가 삼 년 동안 모아온 큰돈이었다. 색실을 사서 시집갈 때 가지고 갈 베갯모를 수놔보려고 온갖 수단과 재주를 다 부려서 모은 돈이지만 당장에 떨고 있을 장래의 남편을 위하여 셔츠를 사서 보내는 것이 더 떳떳하고 장한 일이라 생각한 그는 하루바삐 그의 결심을 실행하려고 바득바득 애를 태웠다.

하루는 함평 읍내서 살고 있는 외삼촌이 음전의 집에 다니러 왔다. 이발소를 경영하고 있다는 젊은 외삼촌은 유행 창가를 썩 잘 불렀다.

하루를 놀고 저녁때 돌아가는 외삼촌은 어머니에게 오십 전짜리 은전을 주고 음전이와 종섭에게는 십 전짜리 하나씩을 주었다.

음전이는 어머니의 손바닥에 놓인 은전을 욕심이 가득한 눈으로 바라보았다.

'이러다가는 도적놈이 돼버리겠네.'

스스로 자기를 꾸짖었건만 어머니의 주머니에

는 그 은전이 들어 있으려니 하는 마음일 들 때는 못 견디게 그것이 탐이 났다.

'보내는 데도 삼십 전이 든다니 꼭 일 원이 있어야 할 것인데 요 십 전까지 합해도 오십 전밖에 안 되니 어쩌까? 어머니가 그 돈 오십 전만 나 주면 일은 기막히게 잘되겠구먼서도……'

음전이의 눈은 그 어머니의 주머니에서 차마 떠나지 못하였다.

'그렇지만 셔츠를 살 사람은 누구요, 또 윤수에게 부쳐줄 사람은 누구냐?'

문득 그는 이런 생각을 해보았다.

그러자면 결국 종국에게 알리지 않을 수 없을 것이요, 오라비가 알면 어머니까지 알게 될 것이 아닌가?

'에라, 이왕 일이니 어머니에게 그 돈을 간청해보는 수밖에 없다.'

하는 배짱을 음전이는 딱 정했다.

며칠 후에 종국이는 읍내 외삼촌 집에 다니러 간다고 아침 일찍부터 서둘렀다.

'이 기회를 놓쳐서는 안 되겠다.'

생각하고 음전이는 전장에 나가려는 군인처럼

마음을 단단히 먹은 후에

"어머니."

하고 다구지게* 불렀다.

"왜 그래?"

어머니의 대답 소리도 희미하지는 않았다. 그러나 하려던 말은 입에서 나오기커녕 목구멍으로 다시 기어들어 가려고 하였다.

"불러놓고는 왜 말을 못하냐?"

"어머니, 저번 날 외삼촌이 드린 돈 오십 전을 나를 주시오. 그러면 이다음에 내가 외삼촌한테서 얻어서 갚어드리께……"

"돈을 너 달라고? 아니 뭣 하게?"

어머니는 눈을 둥그렇게 뜨고 입을 벌려서 놀란 표정을 하였다.

"오빠 읍내 가는데 셔츠 하나 사달라 하려고 그래요."

말을 하기 시작한 음전이의 말소리는 분명하였다.

"뭐? 셔츠?"

어머니의 놀란 표정은 더 심각해졌다.

---

\* 다부지게. '다구지다'는 '다부지다'의 방언.

"저— 윤수가 셔츠도 없어서 치워한다니께 하나 사서 부쳐줄랴고……"

음전이의 얼굴은 붉어졌다.

"오십 전 가지면 산다냐?"

어머니는 딸을 빤—히 쳐다보며 물었다.

"내게도 오십 전 있으니께……"

"그러면 그래라. 요새는 가시내들이 더 음흉스럽고 응큼스럽드라니께……"

어머니는 의외에 선선하게 허락하고 싱긋이 웃으며 주머니에서 은전을 꺼냈다.

"아나, 돈 여기 있다."

어머니는 돈을 방바닥에 던졌다. 그것을 주워 가는 음전의 귀밑은 단풍잎처럼 빨개졌다. 조금 후에

"음전아!"

어머니는 아무 일이 없었던 것처럼 새삼스럽게 정색하고 딸을 불렀다. 음전이는 대답 대신으로 어머니를 보았다.

"나는 너 돈을 주었으니께 너도 나 뭣을 줘야지 않냐?"

"뭐 드릴 것이 있어야지……"

음전이는 당황하여했다.

"네 부담상자 속에 감춰둔……"

음전이의 가슴이 뜨끔하였다.

"그 호박을 나 달란 말이다."

어머니는 미소하였으나 음전이는 고개를 푹 숙이고 손가락을 앞니로 깨물면서 잠잠할 수밖에 없었다. 비록 가슴은 바람에 불리는 가랑잎처럼 설렐지라도……

"저번 날 외삼촌이 호박 한 개를 달라고 하드라마는 어디 있어야지? 삼촌댁이 애기 선다고 자꾸만 호박범벅을 찾는다는디 워낙 호박들만 드세게 먹어내니께 이 동네서도 구할 수가 없단 말이다. 그래 걱정을 하는 판인데 오늘 새벽에 전대를 찾느라고 네 부담상자를 열어보니께 제일 큰 놈이 들어 있드란 말이다."

하고 어머니는 말을 잠깐 끊고 딸의 눈치를 보고 나서

"내가 네 속을 알기는 한다. 윤수가 호박을 좋아하니께 뒀다가 윤수 오면 해줄라고 그러지마는 네 넌 사월까지 뒀다가 썩혀버리느니 오늘 외삼촌 집에 보내라. 윤수한테는 셔츠를 사 보내니께, 응?"

하고 음전이의 대답도 기다리지 않고 호박을 가지러 마룻광으로 들어갔다.

'누가 먹일라고만 그러는가? 둘이 언제부터 약속했으니께 그렇지.'

중얼거리는 음전의 가슴속을 그 어머니가 알 이치가 없었다.

음전이는 안타깝고 답답한 가슴을 안고 종국에게 일 원을 주면서 셔츠를 사서 아주 윤수에게 보내고 오라는 부탁을 하였다.

종국이의 지게 위에 팥과 콩이 층층이 들어 있는 전대와 나란히 얹혀서 떠나가는 길고 큰 호박을 바라보면서 음전이는 석 달 전의 윤수가 탄 기차를 바라보며 울던 그때와 꼭 같이 쓰리고 애달픈 눈물을 머금고 그가 보이지 않을 때까지 서 있었다.

그러나 자기가 사 보내는 셔츠를 입고서 기운 좋게 일하는 윤수의 모양이 눈앞에 떠오를 때 음전이는 손등으로 눈물을 닦고 돌아서서 북쪽 하늘을 바라보았다.

《여성》, 1937. 9.

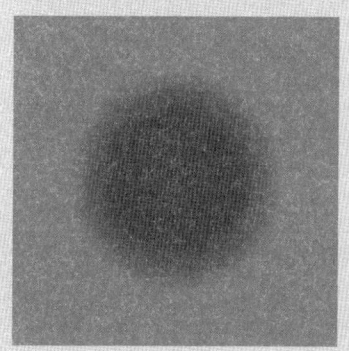

박서련

## 박서련

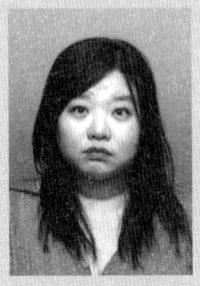

폭넓은 스펙트럼의 상상력, 거침없고 매력적인 서사, 이채로운 캐릭터, 시의적 화두를 녹여내는 주제의식으로 '이야기꾼'이라는 호칭이 따라붙는 소설가, 박서련. 그는 청소년 시절부터 글을 쓰기 시작해 고등학교 3학년 때 소설로 대산청소년문학상 금상을, 시로는 문학동네 청소년문학상 대상을 받았다. 이후 2015년 《실천문학》 신인상을 받으며 문단에 발을 디뎠다.

등단 후 몇 년은 청탁이 오지 않아 전전긍긍했다. 사무직 아르바이트를 하고 중장비 자격증을 알아보는 등 다른 활로를 모색해야만 했던 시간들이 무색하게도 지금은 '초과 달성'이라 할 만큼 매년 한 권 이상의 작품을 발표하며 에너지 넘치는 행보를 보이고 있다. 터닝포인트가 되어준 작품은 첫 책이자 첫 장편인 『체공녀 강주룡』. 2018년 "전혀 다른 여성 서사"(평론가 서영인)라는 찬사와 함께 한겨레문학상을 받았다. 본격적으로 이름을 널리 알린 계기이자 "끝의 끝까지 내 이름의 옆에 놓일 것"이라 자부한 소설이기도 하다.

\*                                                                     \*

데뷔 후 10년. 역사소설, 판타지, SF, 청소년 문학 등 장르를 넘나들며 쓰고 또 썼다. 소수자와 약자, 특히 역사에서 지워지고 사회에서 배제된 여성의 목소리에 주목했다. 평양 을밀대 지붕에서 고공농성을 벌인 노동자 강주룡은 스스로 결정하는 삶의 가치를 보여주었다. 연년생 자매 수아와 리아는 일상적이라서 더 치명적인 여성을 둘러싼 위험과 공포를(『마르타의 일』), 멜버른으로 워킹홀리데이를 떠난 20대의 설희는 세대와 인종을 초월한 연대와 사랑을 그려 보였다.(『더 설리 클럽』) 그 밖에도 천재 여성 공학도와 (『프로젝트 브이』) 인류 멸망을 저지하려는 마법소녀(『마법소녀 은퇴합니다』), 피해자가 아닌 생존자로 살아남은 초선(『폐월; 초선전』) 등이 작가의 손에서 빚어졌다. 인물들이 처한 시대적 환경과 조건은 달랐지만 모두 당차고, 강인했으며, '내가 바라는 삶'으로 향하는 데 주저함이 없었다. 또한 자기 확신을 밀어붙이는 용기와 함께, 성공과 실패의 잣대를 넘어 기어이 해냈다는 점에서 소설의 인물들은 작가 박서련을 닮았다.

"다른 세상은 항상 가능하다. 우리가 그걸 알지 못하고 믿지 못할 뿐"이라고 말한 박서련은 지금처럼, 미래에도 계속 이야기를 들려줄 것이다. 우리로 하여금 다른 세상을 꿈꾸고 그 꿈의 안쪽으로 한 발을 내딛도록 이끄는 이야기들을. 아무리 작은 사물일지라도, 존재하는 모든 것에 서사가 있다고 여전히 작가가 믿는 한. 그리고 그 이야기에 공감하고 힘을 얻는 우리들이 있는 한.

소설
*
정세에 합당한 우리 연애

탕수육을 시키자, 왜냐하면.

림은 혀뿌리에 모인 침을 어렵게 삼키고 말을 이었다.

탕수육은 아무도 반대하지 않을 테니까.

진은 여기요, 하고 팔을 들었다. 브레이크 타임이 끝나기 전이어서인지 종업원은 진의 몸짓을 본체만체했다. 하긴 아무리 단골이라지만, 다섯 시가 되기 전에 들어오게 해준 것만도 감지덕지지. 림은 생각했다. 진이 테이블 가장자리에 놓인 물컵을 다섯 개 뒤집어 물을 채우고 수저를 챙기는 동안 림은 줄곧 말이 없었다. 한가해진 손을 가지런히 모아두고 진은 림에게 물었다.

누가 뭘 반대할 것 같은데?

무슨 소리야?

림은 아무렇지 않은 듯이 되받았다. 하지만 탕수육을 주문하자는 말에 뼈를 숨겨둔 것은 사실이었다. 가느다랗지만 그냥 넘긴다면 목 안에서 가로로 펼쳐져 며칠이고 끙끙 앓게 만들 가시를. 진은 언제나처럼 맑은 눈빛과 흔들림 없는 자세로 다시 말했다.

그랬잖아, 탕수육은 아무도 반대하지 않는다고.

그래서?

탕수육'은' 아무도 반대하지 않는다면, 누가 뭘 반대할 거라는 말이야?

림은 대답 없이 메뉴판을 펼쳐 들었다. 마주앉은 진에게 내리뜬 눈과 절반 넘게 가려진 얼굴밖에 보이지 않도록. 적어도 이 모임에서는 절대로 시키지 않을 메뉴, 이를테면 궁보계정 같은 단어에 눈길을 고정시킨 채 주변시로만 진을 관찰했다. 시야의 초점이 벗어난 자리에서 진은 흐릿한 동작과 형태로 물을 마셨다.

림은 궁보계정을 먹어본 적이 없었다. 메뉴판에는 사진 없이 이름과 간단한 설명만 실려 있었다. 각지게 썰어 튀긴 닭고기와 피망 등의 야채를 두반장 소스로 볶아 맛을 냈습니다. 맛을 몰라서 아무 의미도 없는 그 설명을 림은 반복해서 읽었다. 각지게 썰어 튀긴. 각지게 썰어 튀긴. 진은 먹어본 적이 있을까? 이 요리를 이 가게에서. 불현듯 떠올린 그 생각 때문에 림은 진을 절대 쳐다보지 않으려던 자기의 다짐을 어길 뻔했다. 하지만 궁금한 것은 궁금한 것이었다. 진에게 있을까? 이 요리의 맛에 대한 기억이. 아마도 있겠지. 림보다 한참 먼저 대학에 왔기에 해보았을 다른 많은 경험들처럼.

애들아!

림과 진은 동시에 가게 문을 쳐다보았다. 현이었다. 현은 문에 달린 작은 종이 흔들리는 소리를 꼬리처럼 단 채 한달음에 림과 진이 앉아 있는 자리까지 왔다.

밥 안 시키고 뭐 해?

아직 다섯 시 안 돼서 주문 안 받더라.

지금 다섯 시 정각인데?

그러네.

현은 진의 옆자리에 풀썩 앉았다. 림이 물었다.

다른 사람들은요?

내가 걸음이 좀 빠르잖아. 애들도 금방 올 거야.

현의 말이 끝나기 무섭게 가게 문에 달린 종이

달랑달랑 울렸다.

  양반은 못 되겠네.

  그런 계급주의적인 소리를?

  현이 툭 던진 말에 진이 논평을 달았고 림은 어이없게 웃음을 터뜨릴 뻔했다. 곧 정과 민이 자리에 와 앉았다. 진이 손을 높이 들며 종업원을 호출했다. 여기요. 주문할게요. 정이 진을 타박했다. 선배, 먼저 가서 주문한다더니 여태 주문도 안했어요? 브레이크 타임에는 주문이 안 되는 모양이더라. 강의실 정리는 잘 하고 나왔어? 넵. 이윽고 종업원이 왔다. 진은 우선 탕수육과 이과두주를 주문했다. 아무도 반대하지 않았다.

  아무도 반대하지 않았다는 사실에 림은 지나친 주의를 기울이고 있었다.

  다음 책은 뭘로 할까?

  우리 활동비 얼마 남았는데요?

  현의 물음에 민도 물음으로 답했다. 동아리의 회계 담당자는 현이었다.

  우리 2학기 활동비 아직 안 들어온 거지?

  진이 고개를 끄넉이자 현은 인상을 쓴 채로 휴대폰을 들여다보았다.

그럼 1학기 활동비 잔여밖에 없지.

그게 얼만데요?

6,780원.

웃어버릴지 심각해할지 선택할 수 있는 찰나가 있었다고 림은 생각했다. 독서 동아리에 책 한 권 살 돈도 남지 않은 것은 농담 같은 일이니까. 하지만 웃기를 선택한 사람은 아무도 없었다.

다른 동아리도 그런가?

다른 동아리도 다 그렇겠지, 행정 차원의 문제니까.

그럼 다른 동아리들은 어떻게 활동하지?

아마…… 급하게 쓸 돈이 있으면 사비로 추진하고 나중에 영수처리 하려고 하겠지.

누구 하나 선뜻 우리도 그렇게 하면 되잖아, 라는 말을 내뱉지 못했다. 간편하지만 가능성은 낮은, 고양이 목에 방울 달기 같은 얘기였다. 모임의 구성원들은 재건통장에 월 십만 원에서 이십만 원씩의 돈을 송금하고 있었다. 대학생 용돈 수준에서는 무리한 지출을 이미 다달이 하고 있는데 때는 마침 2학기가 막 시작된 참. 동아리 활동비까지 부담하고 싶지는 않은 게 당연했다. 림은 모두의 시선이 슬그머니 진에게 모이기 시작한 것을 알아차렸다. 회장이니까, 대표니까 어떻게든 해봐야 하지 않겠냐는 식의 시선.

제가 이번 학기에 근대 여성 작가 수업을 듣는데요.

그때껏 잠자코 있던 림이 입을 뗐다. 주목의 방향이 진에게서 림으로 옮겨왔다. 림이 의도한 대로.

수업에서 소설 복사본을 나눠주거든요.

우리도 그걸 복사해서 읽자는 거지? 그렇게 해도 되나?

독서 동아리는 의무적으로 도서 구입비 증빙을 해야 한다고 하지 않았나? 돈이 모자라는 것도 그래서잖아. 1학기에는 일주일에 한 권씩 새로 샀으니까.

민에 이어 회계 담당인 현이 날카롭게 물었다. 림 대신 진이 답했다.

계속 책을 안 살 건 아니니까 괜찮지 않을까? 아무리 늦어도 중간고사 전에는 활동비 들어올 텐데 새 책은 그때부터 사면 되잖아. 활동 보고서 쓰려면 활동비 들어오기 전에도 모임은 계속해야 하고.

진의 말에는 반박의 여지가 없었다. 바로 그렇

기에 정의 농담이 나올 수 있었다.

혹시 반대 의견 있으신 분? 없으시다면, 박수로 동의를 표해주십시오.

널찍한 중화요리점 홀 안에 다섯 사람이 손뼉 치는 소리가 울려퍼졌다. 종업원이 술과 술잔을 들고 나왔다. 나누어 받은 작은 술잔에 진이 술을 채워주는 것을 보면서 림은 또다시 생각했다. 다행이다. 아무도 반대하지 않아서.

아무도 반대하지 않아서 정말로 다행이다.

식사가 끝난 후에는 다같이 복사집에 갔다. 진은 림이 건넨 프린트물에서 스테이플러 침을 능숙하게 빼내고 네 부를 복사했다. 현이 카드를 내밀고 영수증을 챙겼다. 복사본의 복사본을 다시 스테이플러로 집는 사이 정과 민이 편의점에서 아이스크림을 사 왔다. 일행은 아이스크림과 프린트물을 나누어 쥐고서 산책하는 셈치고 천천히 걸었다. 기숙사에 사는 현과 정을 바래다준 다음 후문에서 가장 가까운 하숙에 사는 민과 저녁 인사를 주고받은 후, 진과 림이 남았다. 진은 림을 지하철역까지 바래다주기를 원했고 림은 진이 사는 고시텔 앞까지 가기를 고집했다. 누가 누구를 바래다 줄 것인가에 대한 실랑이는 좀처럼 끝나지 않았다.

그럼 내 방 가서 같이 소설 읽은 다음 내가 다시 바래다주는 거 어때?

한발 물러난 진의 제안에 림이 마지못한 척 고개를 끄덕였다.

그러고 보니 어떤 소설인지 묻지도 않았네.

나도 이번 주 소설은 아직 안 읽어봐서 몰라.

박화성이라는 이름은 처음 들어.

나도.

세림이 넌 국문과잖아.

국문과라고 작가 이름 다 알면 그게 교수지, 학생이야?

그러네.

진의 방은 좁았다. 림은 생각했다. 그전보다 한 뼘도 더 넓어지지 않았구나, 당연하지만. 하지만 그래서 좋았다. 책상과 침대를 포개지게 둬야 할 만큼 좁은 방이어서 두 사람이 나란히 앉으려면 몸을 겹치다시피 해야 하니까. 림이 먼저 침대에 풀썩 앉았고 진은 겉옷을 벗어 림의 치마 위에 덮어주고 옆자리에 앉았다. 림은 웃었다.

여자끼리 뭐 어때서 그래.

이제야 웃네, 우리 세림이.

가벼운 입맞춤 뒤에 진이 말했다.

야한 거 금지. 소설 읽으러 왔잖아.

뽀뽀가 뭐가 야해.

시간이 조금 흐른 뒤에 림은 숨을 몰아쉬며 다시 말했다.

진짜 야한 건 이런 거지.

반박할 말을 찾지 못했는지 진은 웃었다. 림은 모로 누워 검지로 진의 가슴 사이를 훑으며 핀잔을 주었다.

야한 거 금지라고 해놓고, 바보 같아.

미안, 어떡하지. 소설은 하나도 못 읽었는데 벌써 열 시네.

벌써?

림은 몸을 벌떡 일으켰다. 책상 위에 아무렇게나 벗어 던져둔 옷을 주섬주섬 입고 진의 방을 나섰다. 집에서 정해둔 통금 시간은 열두 시. 남자와 '헛짓거리'를 하고 돌아다닐까 봐 만든 부모님만의 선이었다. 여자인 진을 좋아하는 림에게는 우습기만 한 처사였지만, 섹스를 안 하는 건 또 아니라서 부모님이 뭘 모른다고만 말할 수는 없었다. 더구나 용돈을 무기로 삼을 때는 대항하기가 어려웠다.

데려다줄게.

진이 따라 나왔다. 바지 지퍼는 올렸지만 후크는 잠그지 못한 채였다. 나오지 마, 뛰어가야 안 늦어. 림은 고개를 저으며 고시텔 현관을 나섰다. 건물을 나서면서 진의 방이 있을 3층을 올려다보았지만 창문이 없는 진의 방을 향해서는 인사차 손을 흔들 수도 없었다.

림이 집에 도착했을 때는 통금 시간 20분 전이었다. 림은 엘리베이터 안에서 휴대폰으로 시간을 확인하며 한숨을 길게 내쉬었다. 제법 여유 있게 도착한 셈이었지만, 환승이 두 번이어서 지하철을 한 번만 놓쳐도 아슬아슬한 상황이기도 했다.

도어락 비밀번호를 조심스럽게 누르고 소리 없이 신발을 벗고 살금살금 방으로 들어가는 림의 귀에 다 까라진 목소리 한 가닥이 날아와 꽂혔다.

너 지금이 몇 신지 알아?

열한 시 사십삼 분.

림은 흠칫 놀란 기색을 어둠에 숨기며 대답했

다. 엄마였다. 베란다로 침입한 달빛이 소파에 앉은 엄마의 윤곽을 아주 희미하게 그려내고 있었다. 어두운 거실에 조용히 앉아 있는 엄마는 유령 같았다.

학교에 다니는 거야, 남자랑 돌아다니는 거야?

동아리 회의 하다가 좀 늦었어. 통금 어긴 것도 아닌데 왜 화를 내?

통금 시간 전에만 들어오면 땡이니? 일찍 일찍 다니라는 뜻인 걸 몰라?

아무것도 아닌 걸로 왜 시비야, 진짜. 사람 미치게 만들고 있어.

림은 자기 방으로 들어가 문을 닫았다. 림의 등 뒤로 엄마의 작고 낮은 목소리가 따라 들어와 맴돌고 있었다.

너 헛짓거리 하고 돌아다녔다간 봐. 엄마 속일 생각 하지 마.

곧 문 여닫히는 소리가 들려왔다. 엄마가 안방에 들어간 모양이었다. 림은 비명 지르기를 참으며 책상 앞에 앉았다. 동아리 모임이 있는 수요일, 국문과 소모임이 있는 목요일, 아르바이트가 있는 금토일, 공강이 없는 월요일과 화요일. 책 한 권이 아니라 단편소설 한 편인 것은 다행이었지만 그나마도 틈틈이 읽어두지 않으면 모임 날에 곤란해질 터였다. 모자란 시간을 핑계로 책을 다 못 읽고 모임에 참석한 날마다 림은 유구무언으로 무릎만 만지작거렸다. 실망한 듯한 진의 얼굴을 똑바로 마주 볼 자신이 없어서였다.

격분된 삼백 명의 노동자들은 중정대리를 끌고 경찰서에 쇄도하였다……

소설을 읽기 시작한 림의 입가에 곧 미소가 떠올랐다. 진이 이 소설을 좋아할 거라는 확신을 느꼈기 때문에. 한국 근대문학 여성 작가의 작품이니 인문학 도서를 읽는 동아리 취지에 대강 맞을 거라 생각하기는 했지만, 내용까지 이렇게나 적절하리라곤 전혀 기대하지 않았다. 림은 휴대폰을 열어 진에게 메시지를 전송했다. 나 「하수도 공사」 읽기 시작했는데 벌써 재밌다. 진에게서 곧장 답장이 왔다. 나도 마음에 들어. 일단 주인공 이름이 동권이잖아. 그게 왜? 운동권. 림은 웃는 이모티콘으로 응수했다. 진에게 보낸 메시지가 무색하게도 림의 눈은 자꾸 감겨오고 있었다. 다음 날 1교시 수업을 들으려면 일곱 시에 집을 나서야 했다.

일곱 시에 등교하려면 적어도 여섯 시에는 일어나야 했다. 전날에도 네 시간 잤던가, 다섯 시간 잤던가…… 림은 프린트물 첫 페이지를 미처 넘기지 못하고 침대에 누웠다. 너무 피곤해서 지우지 못한 화장 같은 건 거의 신경도 쓰이지 않았다.

림이 속한 인문학 독서 동아리, 회원이 총 열 명이지만 실제로는 다섯 명만 모임에 참석하는 동아리, 진이 회장인 동아리의 이름은 '유독'. 작년 2학기에 구성되어 올 1학기에 정식 중앙 동아리로 인준받은 모임이었다. 한 주에 한 권씩 같은 책을 읽고 모여 비경쟁 독서 토론을 한 후 활동 내용 보고서를 작성하는 게 동아리 활동의 개요였다. 중앙 동아리 수가 동아리실 수보다 많아 신규 중앙 동아리인 유독에는 동아리실이 배정되지 않았다. 수요일 오후에 동아리 모임 장소로 삼을 빈 강의실을 빌리는 것은 주로 림의 몫이었다.

일주일에 한 번 두 시간쯤 모일 뿐이어도 단체 활동은 단체 활동이다 보니 알아보고 처리해야 할 일이 꽤 있었고, 역할은 나름대로 고르게 배정되어 있었다. 장소 섭외를 맡은 림, 회계를 맡은 부회장 현, 모임 전후 정리를 맡은 민과 정. 모임 주제로 삼을 도서를 정하는 권한과 활동 보고서를 쓸 의무는 진에게 있었다. 동아리 회장이자 림의 여자 친구인 진.

  모임이 끝나면 늘 같은 중화요리점에서 뒤풀이를 했다. 1학년 때 총여학생회 소속이었던 진과 현의 증언에 따르면 실내금연이 상식이 된 이후에도 꽤 오랫동안 자리에 재떨이를 놓아주던 식당이라고 했다. 그래서 총여학생회 회의 뒤풀이도 늘 그곳에서 했다고. 우연의 일치겠지만 총여학생회가 해산될 무렵 가게 역시 오랜 휴점에 돌입했다. 식당에서는 리모델링을 핑계 삼았지만 마침내 실내흡연 신고가 들어가고야 만 모양이라는 게 현의 귀띔이었다. 운명론자인 림에게는, 식당이 재개장을 한 시기가 유독이 정식 중앙 동아리 활동을 시작한 학기 초와 일치하는 것이 의미심장하게 느껴졌다. 총여학생회와 명운을 함께한 식당이 다시 운영을 시작했다는 것은, 운명이 던지는 힌트가 아닐까, 아무래도. 무엇보다도, 그것이야말로 진이 유독을 만든 진짜 목적이니까.

  총여학생회의 재건.

겉보기에 아무 트집 잡을 곳 없이, 하물며는 기존 중앙 독서 동아리들보다도 건전하게 운영 중인 유독의 실체는 총여의 유산이었다. 1학기 전체 학생 대표자 회의에 총여학생회 폐지 및 해산 안건이 올라오고 2학기에 전교생 투표가 실시되어 결국 총여가 해체된 해에 총여 활동을 하던 진과 현은 선배들 앞에서 결의했다. 반드시 졸업 전에 총여를 재건하고 말리라고. 유독의 구성원들이 달마다 현 명의의 통장에 십만 원 이십만 원씩을 곗돈처럼 붓는 이유는, 그 통장의 별칭이 재건통장인 이유는 바로 그것이었다.

총여학생회의 재건.

유독이라는 동아리의 탄생은 현의 농담에서 비롯된 것으로 알려졌다. 현의 초기 아이디어는 총여학생회가 해산된다면 총여학생회라는 이름의 동아리라도 만들어서 여학생 자경단 활동 같은 걸 하자는 것이었다. 현은 농반진반으로 그런 말을 했지만, 진은 중앙 동아리 구성이 진짜 총여 재건 로드맵의 첫걸음이 되기에 꽤 좋은 아이디어라는 사실을 곧 알아차렸다.

진의 로드맵은 이러했다. 첫째, 중앙 동아리를

만든다. 총여 재건을 직접적으로 슬로건 삼는 것보다는 온건한 활동을 내세운 동아리 행세가 반총여 세력의 눈을 피하기 쉬운 것은 물론이고, 동아리 활동으로 모은 회원은 총여 재건에 직접 기여할 일꾼이 될 수 있는 데다, 동아리 회장 자격으로 동아리 연합회 임원단에 진입하면 전체 학생 대표자 회의 참가인단과 적절한 관계 유지가 가능해지니까. 둘째, 동아리 활동을 바탕으로 총학생회 선거에 출마한다. 총학생회장은 전체 학생 대표자 회의에 안건을 직접 상정할 권한이 있고, 이전 총학생회장은 바로 그 권한을 이용해 기존 총여학생회 폐지 안건을 내세웠다. 물론 총학생회장보다는 동아리 연합회 회장이 되는 것이 훨씬 간편하고 그 또한 전체 학생 대표자 회의 참가 자격이 부여되는 직위지만, 안건 상정의 우선권이 떨어지는 점을 감안해 차선책으로 염두에 둔다. 셋째, 총학생회장 권한으로 총여학생회 재건 안건을 상정한다. 안건이 전교생 투표에 부쳐지는 것은 끝의 끝까지 막는다.

유독이 중앙 동아리 인준을 받기 전인 1학년 2학기에 합류한 림과 민과 정에게 이 로드맵은, 적어도 처음에는 일종의 과대망상처럼만 들렸다. 림은 특히 총여학생회를 수복하기 위해 총학생회부터 거머쥐어야 한다는 의견을 이해하기가 어려웠다. 총학이 총여보다 예산도 권한도 의미도 큰데 총학을 점하는 걸로는 부족하단 말인가?

딱 1년 누리자고 총학 먹자는 게 아니야. 겨우 2만 명도 안 되는 사람들 안에서 연 예산 몇 천짜리 권력 누려서 뭐해.

진이 그렇게 말했을 때 림은 고개를 끄덕였다. 민과 정의 속내는 알 수 없지만 적어도 림은 모든 것을 이해할 수 있을 듯한 기분을 느꼈다. 맞아. 1년짜리 선출직 임기가 중요한 게 아니라 이후에도 계속해서 영향력을 미칠 수 있는 기관을 만드는 게 진짜 중요한 거지. 진의 눈빛에는 흔들림이 없었고, 곧고 온화한 목소리에는 설득력이 가득했다. 림은 내심으로 결의했다. 진과 현이 재건할 차기 총여의 첫 대표자는 그다음 세대일 터였다. 민과 정의 속내는 역시 모르겠지만, 총여가 재건되면 림 자신이 총여학생회장 선거 정후보로 나설 각오가 바로섰다. 행여 진과 현의 선거가 실패로 돌아간다면 계획은 연 단위로 늦추어질 텐데, 그릴 경우에는 차기 선거에 나가고 그다음 선거 후보자 양성에도 기꺼이 기여할 의지가 있었다.

말할 나위도 없이 림의 그 모든 결심은 진에게 심하게 반한 탓이었다.

뭐 읽어?

「하수도 공사」.

림이 읽는 프린트를 보고 동기가 알은체를 해왔다.

아, 그거. 그 수업 후기 좋던데 나도 들을걸. 재밌어?

글쎄, 뭐 재미로 학교 다니는 것도 아니고.

동기는 림의 옆자리에 앉았다. 곧 소모임 시작 시간이었다. 림이 참여하는 과내 소모임은 영상-문학 연구회로 한 달에 한 편씩 영화화된 한국 소설을 주제 작품으로 선정하여 소설과 시나리오, 영화 본편을 비교해보는 모임이었다. 2학기 첫 작품은 황석영의 소설이자 임상수의 영화인 〈오래된 정원〉이었고, 모임장인 남자 선배가 시나리오 연구 발제를 써 오기로 한 날이었다. 동기가 건넨 프린트물을 받아 든 림은 페이지부터 헤아렸다.

뭘 또 A4용지 네 장 꽉 차게 써 오고 난리? 림은 모임장이 써 온 발제문 프린트를 옆에 두고 계속 「하수도 공사」를 읽었다. 주인공 동권이 하수도 공사의 동료 노동자들과 함께 중정대리를 임금 미지급으로 고발한 후에 집에서는 계모와 갈등을 겪고, 동생의 친구이자 자기가 좋아하는 여성인 용희에게서 저녁식사를 대접받는 장면까지 읽은 참이었다.

김세림, 페이지 안 넘기지?

단조로운 목소리로 그저 발제문을 읽을 뿐이던 남자 선배가 벌컥 화를 냈다. 눈은 「하수도 공사」에 고정한 채 그의 목소리를 흘려듣던 림은 자기의 이름이 언급되었을 때에야 비로소 정신을 차렸다. 둘러보니 소모임 구성원 모두가 림에게 눈총을 주고 있었다. 그들이 쥐고 있는 발제문 프린트는 어느새 두 쪽이 넘어가 있었다. 이럴 것 같아서 맨 끝자리에 앉은 건데. 림은 뒤늦게 발제문 페이지를 넘겼다. 모임장 선배는 그냥 넘어가지 않았다.

뭐가 그렇게 중요해서 발제문 낭독에도 집중을 못 해? 가져와봐.

하지만 당신은 내 선생도 부모도 아니잖아. 나는 수업 도중에 휴대폰을 가지고 놀다가 들킨 중학생이 아니고. 림은 그렇게 말하고 싶었지만 참 았다. 내가 잘못했지만. 그건 맞지만. 호흡을 두어 번 고른 후에야 림은 말할 수 있었다.

　죄송합니다.

　가져와보라니까.

　죄송해요. 한 번만 봐주세요.

　림은 웃었다. 굴욕적이라고 생각하면서. 모임장 인 남자 선배는 좀처럼 멈추려 하지 않았다.

　나와서 딴짓할 거면 소모임은 뭐 하러 해? 그냥 집에 가서 하고 싶은 거 하지.

　선배의 지적은 의외의 진실을 건드리고 있었다. 림이 소모임에 나오는 이유는 인간관계 때문이었 다. 진이 선거에 나갈 때는 기존 독서 동아리 회원 말고도 선거운동 본부원이 더 많이 필요할 테고 그 사람들을 포섭하는 건 동아리 회원 각각의 몫 이 될 테니까. 림은 진에게 누구보다도 큰 도움을 주고 싶었다. 선본원으로 합류하지 않는 소극적 지지자라도 많으면 많을수록 좋았다. 아무래도 손 뻗기에 가장 가까운 같은 학과 사람들에게 점수를 얻어두는 게 유리했다. 따라서 림에게 소모임의 활동 내용 같은 것은 아무래도 상관이 없었다. 영상-문학 연구회에 가입한 것은 다섯 개에 이르는 과내 소모임 가운데 가장 참여 인원이 많고, 덕분에 발제 순서가 돌아올 가능성이 낮은 데다, 달에 한 작품씩만을 다루어 비교적 부담이 적다는 등의 장점들 때문이었다. 또한 같은 이유에서 모임장에게 밉보여서는 안 됐다.

집중할게요. 진짜 좀 봐주세요. 한 번만요. 네?

림은 검지를 세우며 없는 애교를 쥐어짜 한 번만, 한 번만 하고 졸랐다. 누군가 크흠 하고 헛기침을 했다. 쓸데없는 소요로 시간이 지연되는 것이 거슬려서, 혹은 림의 애교가 보기 불편해서일 터였다. 모임장은 하는 수 없다는 듯 말했다.

앞으로는 조심해.

네. 죄송합니다.

다시 아무 특징도 재미도 없는 발제문 낭독이 이어졌다. 중도부터 내용을 읽고 듣기 시작한 림에게는 견디기 어려운, 무의미한 시간이었다. 더구나 남자가 쓴 소설을 남자가 영상화하고 남학생이 그것을 주제로 발제하는 상황이라니. 총여학생회 선거 예비후보자라고 해서, 여자를 좋아한다고 해서 림이 남성혐오자라고 할 수는 없었다. 자기의 신념과 사상에 평생을 바친 남성이 스스로의 철없음을 반성하며 자기의 유일한 구원이었고 이상향이었던 여성을 성역화하는 이야기, 연출, 해석 따위가 옳지가 않다고, 림 자신의 개인적 기준을 떠나 그냥 요즘 시대상에 맞지가 않다고 림은 생각했다. 림은 손에 든 프린트물에서 슬그머니 「하수도 공사」로 시선을 옮겼다.

용희! 나는 용희를 정말로 사랑하오. 그러나 나는 우리의 사랑이 현재 우리 정세에 합당하지 못하기 때문에 항상 스스로 억제하는 때가 많소.

우리의 사랑이 현재 우리 정세에 합당하지 못하다.

우리의 사랑은 정세에 합당하지 못하다.

정세에 합당한 연애란 무엇일까?

이러한 주제에 골몰하는 이상은 소모임에 집중할 수가 없었다.


진은 완벽했다. 똑똑하지만 재수 없지가 않았다. 조용하면서도 친화력이 좋았다. 온유하면서도 강직했고, 소탈해서 부담이 없는 한편 범상치 않은 인물처럼 보였다. 보기에 따라 예쁘기도 잘생기기도 해서 남자에게든 여자에게든 인기를 끌 얼굴이었다. 키가 작지 않고 팔, 다리, 허리 길이와 머리 크기의 밸런스가 좋아 역대 총학 선거 후보자 가운데 가장 정장 핏이 뛰어날 게 분명했다.

문제는 완벽한 후보자인 진이 여자 친구로서도 완벽한 재질이라는 점에 있었다. 진이 멋있는 선배라서, 비록 작은 단체의 장이지만 카리스마와 마스터플랜을 겸비한 지도자라서 끌린다고 생각했던 림은 곧 자기의 감정이 지극히 사적인 것이라는 점을 깨닫게 되었다. 림은 진을 사적으로 소유하고 싶었다. 진의 꿈을 이루어주고 싶었지만 진이 학내 정치의 중진이 되어 전교생의 주목을 받는다고 상상하면 진작부터 질투와 조바심이 났다.

참지 못하고 마음을 고백한 것은 겨울방학 때, 사귀기 시작한 것은 그로부터 2주 뒤였다. 2주간 벼랑 모서리만 골라 걷는 기분이었던 림은 진이 사귀자고 했을 때 대한독립만세라도 부르고 싶은 심정이었다. 진은 부끄럽지만 나는 연애가 처음인데, 나라도 괜찮다면, 하고 수줍게 말했다.

여자 친구로서의 진은 조금 더 특별했다. 예쁘면서 멋있었고 점잖지만 야했다. 림을 전적으로 신뢰하면서도 귀여운 수준의 질투, 연애의 조미료가 될 만큼의 적당한 질투도 잊지 않고 챙겼다. 모두에게 친절하면서 등 뒤로 림의 손을 잡아주었다. 완벽한 여성의 비밀 여자 친구가 되는 것은 짜릿한 경험이었다.

하지만 림은 그것으로 만족하고 싶지 않았다.

우리 사귀는 거 유독 회원들한테는 말해야 하지 않을까?

림이 물었다. 건전한 인문학 독서 동아리의 회장과 회원으로서 한 학기를 보낸 후였다. 과외 아르바이트를 핑계로 방학을 서울에서 보내기로 한 진의 방에서였다. 최저 온도가 27도 아래로 떨어지지 않는, 켜져 있는 게 맞기는 한지 의심되는 중앙 냉방 에어컨과 작은 선풍기 하나만 믿고 두 사람은 서로를 꼭 끌어안고 있었다.

글쎄, 다들 이해해줄까.

이해가 무슨 상관이지. 그냥 통보하는 거지.

세림아. 우리 학교 총학생회 선거 출마자들 공통점이 뭔지 알아?

뭔데, 갑자기?

역대 선거에 여자 정후보가 한 명도 없었어.

낙선 캠프에도?

응. 한 번도.

그래서?

그래서라니?

무슨 말이 하고 싶은 거냐고.

진은 음 하고 목소리를 길게 끌었다.

여자 총학생회장을 본 적 없는 학교가 레즈비언 총학생회장은 괜찮게 생각할지 잘 모르겠어.

그렇지만, 하고 반박하려다 림은 입을 다물었다. 전교생한테 커밍아웃을 하자는 게 아니라 동아리 회원들한테 말하자는 건데. 전교 여학우를 위하여 총여학생회를 재건하자는 사람이 여자 총학생회장과 레즈비언 총학생회장이 크게 다른 것처럼 말하는 건 아무래도 모순적인데. 림은 진을 이해했다. 모순적이라는 것을 알면서도, 진이 더는 완전무결하게만 보이지 않는다는 것을 느끼면서도 이해할 수 있었다. 진에게는 총여학생회 재건이 그렇게도 중요한 위업이라는 것. 너무도 중요해서 표면에 조금의 흠집조차 내지 않으려 안간힘을 써야만 한다는 것. 이해할 수 있었기에 섭섭했다.

그렇지만.

그렇지만 좋아해.

그래서 림은 입을 다물었다. 하고 싶은 말은 많았지만 할 수 있는 말은 없었다. 무슨 말인가를 찾고 있었지만 어떤 말도 적당하게 느껴지지 않았다. 조금 시간이 흐른 뒤에야 림은 그때 했어야 하는 말을 찾았다. 쓰인 지 백 년이 다 되어가는 소설에서였다.

언니는 우리 연애가 정세에 합당하지 않다고 생각하는구나.

이번 주 작품 다 읽어 오셨죠?

여부가 있겠습니까요.

정이 익살스럽게 말했고 모두 웃었다.

그럼 인문학 독서 모임 유독, 「하수도 공사」 독서 토론 시작하겠습니다. 총평부터 할까요? 작품에서 받은 총체적인 인상 또는 가장 먼저 언급하고 싶은 특징 등을 이야기해 주시면 됩니다. 되도록이면 앞사람이 언급한 내용과는 다른 감상과 의견을 부탁드립니다.

진행자인 진이 말했고 오른쪽에 앉은 현부터 발언을 시작했다.

재미있게 읽었습니다. 오래된 작품이지만 낡지 않았다는 인상을 받았어요. 작품의 제목이기도 하고 작품의 중심 서사를 떠받치는 사건인 하수도 공사는 실직 노동자들을 구제하기 위한 국책 사업이잖아요. 역사 시간에 배우는 뉴딜 정책을 떠올리게도 하고, 비슷한 성격의 사업이 현대까지도 꽤 많이 기획되고 있다는 점에 비추어, 동시대에도 여전히 의미 있게 읽힐 수밖에 없는 작품이라는 생각을 했습니다. 이상이고요, 모임 구성원 분들과 더 자세한 이야기를 나눠보고 싶습니다.

좋습니다. 다음 분.

네, 저는 읽기 전에 간단하게 검색을 먼저 해봤어요. 제게는 워낙 낯선 분이어서 그랬는데 알고 보니 작가님이 저랑 같은 목포 출신이시더라고요.

정의 말에 또 모두 웃었다. 정은 태연히 말을 이었다.

작품의 주요 배경도 목포인 게 또 실제로 목포에서 그런 큰 공사가 있었나 싶은 상상을 하게 했고요. 일제강점기에 여성 작가가 쓴 작품이라고 해서 막연히 여성 노동자 이야기일 거라고 생각했는데 의외로 주인공이 남성이라 놀랐어요. 나이는 열아홉 살로 우리보다 어리지만 노동조합 지도자 격으로 활동을 하는 점을 보면서도 약간…… 격세지감? 시대가 이렇게 다르구나? 그런 생각이 들었고요.

　림은 노트에 의미 없는 도형을 낙서하며 정의 말을 들었다. 다소 정리되지 않은 감상 같았지만 불과 몇 시간 전 들은 강의 내용을 연상하게 하는 지점도 있었다. 정이 쑥스러워하며 발언을 마무리 짓자 민이 기다렸다는 듯 입을 열었다.

　인정 학우님 말씀에 덧붙여서, 목포 출신 작가가 목포를 배경으로 쓴 소설인데 작중에서 눈에 띄게 호남 방언을 사용하는 인물이 거의 없다는 부분이 조금 석연치 않게 느껴졌습니다. 드물게 호남 말씨를 조금이나마 사용하는 인물은 주인공 동권의 계모인데요. 이 또한 마음에 좀 걸렸어요. 미디어에서 조폭이라든지, 비정규직 노동자 등 무식한 인물의 상을 만들 때 주로 호남 말씨를 사용하도록 설정하는 클리셰를 연상하게 해서입니다. 물론 이런 클리셰가 형성되기 훨씬 전에 쓰인 작품이라는 점을 간과해서는 안 되겠지만, 그러한 설정과 연출에 의외로 깊은 뿌리가 있다는 것을 증명하는 건 아닐까 하는 생각도 듭니다. 한편 호남에서 유일하게 호남 말씨를 사용하는 사람이면서 동권에게 패악질을 부리는 계모는 가정폭력의 피해자이기도 합니다. 동권에게는 식사를 제공하지 않거나 언어폭력을 행사하는 가정폭력 가해자 입장이지만 배우자인 동권 아버지가 던진 재떨이를 맞는 등……

수민 학우님, 총평에서는 간략하게.

아, 네. 작중 주요 인물이라고 보기 어려운 계모마저도 입체적으로 그려졌다는 점을 이야기하고 싶었습니다. 이상입니다.

노트에 길게 써 온 감상을 쏟아내듯 읽는 민을 진이 제지했고 민은 서둘러 의견을 정리했다. 모두의 시선이 림에게 모였다. 림은 노트를 긁던 볼펜을 내려놓고 두 손을 모아 깍지를 꼈다.

저는.

림은 마른침을 삼키고 메인 목으로 말했다.

동권이 자주 사용하는 '정세에 합당한 연애'라는 표현이 가장 눈에 띄었습니다. 우리의 정세에 우리의 연애가 합하지 않는다, 는 식의 말을 용희에게 자꾸 하죠. 처음의 우리는 아마도 우리 민족과 노동자 민중 등 거시적인 우리를 말하고 두 번째 우리는, 그에 속하지만 무력한 용희와 동권을 말하는 것 같았어요. 용희라는 인물은 동권의 동생인 희순과 동갑으로 동권보다는 조금 어리지만, 아름다우며 지혜롭고 선량한 이상적 여성이죠. 이 소설이……

림은 머뭇거리다가 마저 말했다.

용희의 시점에서 다시 쓰인다면 어떨까, 상상해 보았습니다.

잠시 어색한 침묵이 흘렀다. 림의 발언이 끝났다는 증거가 없었기 때문에. 조금 후에 진이 입을 열었다.

네, 좋아요. 자유 발언 순서 시작하기 전에 저도 총평 한마디 하겠습니다. 저도 용희라는 인물에게 호기심을 느꼈습니다. 동권이 용희를 밀어내는 이유는 그가 용희를 행복하게 할 자신이 없기 때문이잖아요. 그 행복이란 사실 조선 여성의 보편적 행복, 즉 혼인하여 아이를 낳고 부유하고 윤택한 환경에서 누릴 안락한 감각을 의미하고, 상당히 구시대적인 발상이라고 할 수 있습니다. 용희가 동권을 기다린다면 신여성, 동권을 기다리지 않고 안정적인 결혼을 선택한다면 구여성이라는 식이어서 다소 거부감을 주기도 하고요. 하지만 궁금합니다. 과연 용희는 동권이 남기고 간 시험을 통과할 수 있을까요? 이상입니다. 자유 발언 시작해주세요.

현과 정과 민은 동시에 손을 들었고 서로 양보해가며 발언을 시작했다. 하청의 하청으로 진행되는 하수도 공사의 임금 체불 문제, 동권이 들고 다니며 읽는 부하린의 책, 동경에서 공부까지 하고 돌아온 학출 노동자 동권의 정체성…… 의견들이 난무하는 가운데 림과 진은 아무 말도 하지 않았다. 림은 조용히, 또한 집요하게 진을 바라보고 있었다. 그런 걸까? 언니는 동권이고 나는 용희인 걸까?

그러니까 언니는 나를 애인보다도 한 동지로 생각하고 있는 걸까?

하지만 동권이 정말로 용희를 동지라고 여겼다면, 동등한 입장에서 사고하고 행동하는 존재라고 느꼈다면 어째서 용희의 의견을 존중하지 않았을까?

한참을 목마르게 쳐다보고 있을 때에 문득 진이 림 쪽으로 눈을 돌렸다. 마침내 림과 진의 눈이 마주쳤다. 림은 저도 모르게 말했다.

저요.

저, 할 말이 있어요.

진의 눈길은 너무도 맑고 흔들림이 없어서 긍정도 부정도 읽어낼 수 없었다. 림은 다만 홀린 듯이 목소리를 냈다.

우리는 정세에 합당한 연애를 하고 있어요.

정세에 합하지 않는 연애 같은 건 세상에 없어요.

아마도 용희는 동권에게 그렇게 말하고 싶었을 거에요.

림은 이 말들이 자기의 입에서 실제로 나온 것인지 발화되는 것을 상상했을 뿐인지 구분할 수 없었다. 이상하게도 모두가 조용했고 진은 여전히 림을 보고 있었다.

총학생회 선거 후보 등록 개시일까지 정확히 한 달이 남은 수요일이었다.

# 에세이

\*

# 총화*

* 집회, 행사 등을 치른 후 모여서 나누는 사후 평가. 학생 운동단체나 노동조합 등에서만 쓰는 말인 것 같다.

아이를 낳았더라.

모친은 문득 생각났다는 듯이 말했지만 사실은 그 말을 정확히 '문득 생각났다는 듯' 자연스럽게 하려고 애쓴 티가 났다. 그래서 나는 반사적으로 누구? 하고 묻기 직전 누가 아이를 낳았다는 것인지를 알아차렸는데, 알아차림과 별개로 누구?라는 말은 이미 입 밖으로 나간 참이었고 모친은 정확한 발음으로 그 사람 이름을 언급했다. D 말이야.

신기하다.

엄마 그 사람 이름 제대로 알고 있었구나. 맨날 틀리길래 관심 하나도 없는 줄. 모친이 나의 회심의 너스레를 무시했기에 물어야 할 것을 물었다. 어떻게 알았는데? 아직도 카카오톡 친구 추천에 뜨더라, 내 번호를 안 지운 건지 뭔지. 그건 정말

이상하네, EX-장모 번호를 아직도 갖고 있을까? 엄마가 그 사람 연락처 아직 안 지운 게 아니고?

몰라, 아무튼 프로필에 애기 사진이 있더라고.

그 사람의 아이라면 나도 낳을 뻔한 적이 있기 때문에 내가 낳지 않은 아이의 얼굴이 궁금했지만 모친에게 아이 사진을 보여달라고 할 엄두는 나지 않았다.

잘살고 있나 보다, 너무 다행이야.

더할 나위 없는 진심으로 내가 말했고 이후의 대화에서 그 주제는 더 이상 언급되지 않았다.

나는 2011년 여름에 대학을 나왔다.

그해 가을에는 결혼을 했다.

학력에 대해 말할 때는 '나왔다'라는 말의 모호함을 즐겨 악용한다. 나왔다고 말하면 졸업을 한 건지 자퇴를 한 건지 헷갈리니까. 결혼을 했었다는 사실에 대해서와 마찬가지로 자퇴 사실을 숨기지는 않는다. 누가 묻기 전까지는 말하지 않을 뿐이다.

왜 대학을 그만두었느냐고 누가 물으면 소돔과

고모라를 떠올린다.

  여호와 하나님께서 아브라함이라는 인물을 지극히 아끼시어 친히 그의 처소에 들렀을 때에, 그에게는 복을 내리고 소돔과 고모라의 백성들에게는 벌을 내리겠다고 말씀하셨다. 선한 아브라함은 그 도시들에 의인 오십 명이 있더라도 그 도시를 벌하시려는지 여쭈었고 여호와께서는 그러지 않겠다고 했다. 아브라함이 잠깐 생각해보니까 소돔과 고모라에 의인이 무려 오십 명이나 있으리라는 보장은 영 없어서 마흔다섯 명이면 어찌시겠느냐고 또 여쭈었다. 여호와께서는 의인 마흔다섯 명으로도 도시에 내릴 벌을 면해주시겠다고 약속했다. 아브라함이 또다시 생각건대 별처럼 많은 소돔과 고모라 백성 가운데 의인은 마흔다섯을 넘기지 못할 수도 있었다. 여호와여 마흔은 어떻습니까? 서른이라면? 스물이라면…… 이런 식으로 딜이 계속되고, 아브라함의 최종 오퍼는 의인 열 명으로 마무리되었다. 자비로운 여호와께서 당대의 크고 번화한 두 도시 백성들 가운데에 의인이 단 열 사람만 있어도, 두 도시를 용서하시겠다고 한 것이다.*

 단 열 사람만 있어도 온 도시를 구할 수 있었다. 도시 하나에 다섯씩만 있어도 소돔과 고모라는 멸망하지 않을 수 있었다. 단 열 사람이 없어서 소돔과 고모라는 불탔다. 의인 열 사람이 없어서 소돔과 고모라에는 유황과 불이 비처럼 내렸다. 아브라함의 조카 롯의 아내는 불타는 도시를 뒤돌아보다가 소금기둥이 되어 죽었다.

 매번 입 밖으로 꺼내지는 않지만 언제나 이 이야기를 생각한다.


 연락이 끊어진 지 오래인 부친께서 다음으로 이어질 문장을 읽으신다면 일단은 졸도를 하셨다가, 깨어나서는 나를 찾아내 죽이려고 하실 것이다. 나의 대학교 2학년 2학기 성적 평점은 0.0이다. 2학년 1학기인가, 3학년 1학기인가. 잘 모르겠다. 직전학기와 직후학기 평점도 순수한 0이 아닐 뿐 크게 낫지 않다. 스물한 살에서 스물두 살 사이 어느 시점엔가 한 학기 내내 단 한 번의 수업에도

---

\* 창세기 18:20~19:29.

나가지 않은 적이 있었고 그래서…… 그렇게 됐다. 정신이 많이 아팠다. 지금은 멀쩡한가 하면 그렇지도 않은 것 같지만…… 그즈음과 비교하면 현재는 그때 이미 죽은 내가 그린 사후세계처럼 느껴진다.

수업에는 안 갔지만 학생회 회의에는 나갔다. 학생회 활동은 즐거웠지만 늘 도망치고 싶었다. 실제로 한번은 고향으로 도망치기도 했는데 블로그에 쓴 일기를 보고 학생회 친구가 연락을 해 와서 죄인 된 심정으로 곧장 귀경했다.

그렇게 힘들어할 거면서 학생회에는 왜 가입했지? 새터 주체 활동을 열심히 했기 때문이다. 이미 10년 이상이 흐른 데다 코로나19가 유행하였으므로, 또한 학교마다 하물며는 단과대마다 대학 문화가 무척 판이할 것이므로 부연이 필요할 수도 있겠다. 새터란 입학 오리엔테이션 캠프, 주체는 행사 안내자 겸 문화 전수자 같은 것이다. 각 과에서 자원 또는 추천을 통해 모집한 예비 2학년생들이 단과대 학생회의 지원과 자문을 받으며 겨울방학 동안 새내기 오리엔테이션을 준비하는 일련의 과정을 '새터 주체 활동'이라고 했다. 기숙사에서

짐을 뺀 나는 겨울방학 동안 철원과 서울을 오가며 새터 주체 활동에 임했다. 지각이 잦았고 그보다 더 자주 결석도 했다. 무사히 새터를 치르고 나서는 새터 주체 중 몇몇이 학생회에 가입했다. 그중에 나도 있었다.

2009년이었고 학생운동의 의제는 '반값등록금'이었다. 우리 학교 총학생회는 한대련* 소속이 아니었고 나는 총학이 아니라 문과대 학생회에 몸담은 입장이었지만 대련의 이름으로 열린 정권 규탄 집회에는 꼬박꼬박 나갔다. 내가 어떤 정의에 동참하고 있다는 생각을 하면 힘이 나고 신이 났다. 고시텔 방 안에서 미니홈피 배경음악을 무한반복하며 뚜렷한 이유도 없이 질질 우는 나와 깃발 아래에서 함성을 지르며 내달리는 내가 서로 다른 사람처럼 느껴졌다.

그런 시기에 D와 만났다. D는 학내 중앙 자치기구 한 곳을 기반으로 활동하는 사람이었다. 그와 사귀게 되었다고 말하자 몇몇 선배와 동기가 하필이면 그쪽 사람과 만나냐고 탄식했다. 그는 PD고

* 21세기 한국대학생연합. 범NL 계열 학생운동단체.

나는 NL이라는 것이었는데, 나는 그때까지도 PD는 뭐고 NL이 뭔지 알지 못했고 그렇게 말하기엔 우리 학생회가 딱히 강성도 아니었다.

자연히 나의 활동 반경도 D의 기반 단체로 옮겨졌다. 페인트로 플래카드를 쓰고 피켓에 크레파스로 그림을 그리며 수업을 빼먹었다. 나는 D가 믿는 세계를 알고 싶었고 그가 정의로운 사람임을 조금도 의심치 않았다.

내가 D를 사랑하는 무수한 이유들을 나는 나의 기쁨으로 환원할 수 있었다. 가령 내가 그를 사랑하는 이유가 그의 정의로움 때문이라 할 때, 이 말은 이런 문장으로도 옮길 수 있다: 나는 정의로운 사람의 애인이다. 그가 나를 위해 누군가에게 언성을 높여줄 때, 덩치에 어울리지 않게 슬픈 영화를 보고 눈시울을 붉힐 때, 아르바이트하는 곳에 찾아와 일손을 보태고 나를 집까지 데려다줄 때, 나는 강하고, 다정다감하고, 착한 사람의 애인이었다. 그게 좋았다. 나 자신을 축하하고 싶은 기분이 들 만큼이나.

하여 의외로, 결혼은 충분한 숙고 후에 결정한

것이었고 자퇴는 그렇지 않았다. 이 사실을 생각하면 약간은 아득한 기분이 든다. 통상적인 스물두 살의 감각은 이와 정반대일 테니까. 약혼자가 된 D에게 갑자기 전화를 걸어 나 학교 그만두고 싶어라고 말할 때, 그가 내게 왜냐고 물었을 때 나는 소돔과 고모라 이야기를 했다. 우울증 때문에 수업을 도저히 따라갈 수 없어서가 아니라 우리의 활동 기반이었던 곳이 중앙 자치기구 자격을 박탈당할 때 아무도 우리의 이야기를 들어주지 않았기 때문이라고 말했다. 전공 수업에 들어갔다가 출석부에서 내 이름이 삭제된 상태라는 것을 알고 수치스러워하며 뛰쳐나온 직후였음을 감안하면 아무도 정의롭지 않기 때문에 대학을 그만둔다는 말은 핑계에 가깝지만 그때의 내게는 어떠한 내적 모순도 없었다. 이따위 공간에 더 이상 존재하고 싶지 않다는 생각은 내내 하던 것이고 수업에서 이름이 불리지 않은 사건은 긴 도화선에 불을 붙인 계기일 뿐이니까. 통화 장소는 문과대 건물 뒤뜰이었고 질질 우는 나를 여러 학우들이 흘깃거리며 지나쳐 갔다. 얼마긴의 침묵 끝에 D가 내 뜻을 존중한다고 말해주었을 때 나는 기뻤다. 나를 존중하는 사람의 애인이라서.

얼마 안 있어 나를 존중하는 사람의 아내가 될 것이어서.

이 결혼은 몇 번의 이사와 짧고 잦은 별거 끝에 끝났다. 2017년의 일이다.

나는 D의 애인이어서 기뻤고 D의 아내인 나 자신을 몹시 마음에 들어 했지만 누군가 나를 이름 대신 학내 중앙 자치기구 단체장 D의 여자친구, 노조 상근자 D의 와이프로 부르는 일에는 익숙해질 수 없었다. 물론 헤어짐의 이유는 이보다 훨씬 복잡한 문제였으나……

소설을 쓰는 것보다 소설이 기반한 사실에 대해 쓰는 것이 훨씬 어렵다. 작업에 소요된 시간도 이쪽이 곱절은 되는 것 같다. 당연하다면 당연한 일이다. 현실에서는 사건의 촉발이나 그것을 견인해야 할 등장인물의 감정선에서 개연을 찾기 힘들다. 완전히 만료되는 사건은 거의 없고 인과를 따지기도 어렵다. 나는 그저 이 소설을 쓸 수 있게 한 체험에 대해 말하고 싶었을 뿐이지만, 대학 시절을 말하면서 자퇴에 대해 함구할 수는 없고, 자퇴 계기를 털어놓으려면 D를 소개하지 않을 수 없는 것이다. 전부 말하거나 아예 침묵해야 한다. 이 글은 어느 쪽도 아니다. 모두 말하지는 못했지만 실제에 근접하게 썼다.

    그와 나에게는 피차 미안해할 것이 더는 남아 있지 않다. 그런데 내게는 그를 만나지 않았다면 쓸 수 없었을 이야기가 있다. 그것이 그의 머리카락 한 올조차 안 나오는 이야기라 하더라도. 그중 하나를 여기에 두었다.

    건강하기를.

## 해설

*

## 물의 시간과 고요한 약속

전청림
(문학평론가)

해설 * 물의 시간과 고요한 약속

## 모든 아름다움과 유혈사태

어둠 속 감춰진 진실을 단숨에 빛으로 길어 올리는 시선. 플래시가 터지고, 투쟁과 광명이 빛난다. 반짝이며 순간의 희열이 스칠 때 삶의 한가운데에 웅크린 두려움은 개성을 가진 선명한 언어로 전환된다. 영화〈낸 골딘, 모든 아름다움과 유혈사태〉는 어둡고 사적인 우울증적 동력을 가히 천재적인 공공의 언어로 번역해낸 사진작가 낸 골딘의 투쟁을 다룬다. 퀴어, 소수자, 여성의 섹슈얼리티와 인종적 소외를 사진 속에 생생하게 담아낸 낸 골딘은 비가시화된 삶의 층위를 포착해 생존이 하나의 예술이 되는 환희를 선사한다. 도시 소수자의 생존 방식에 주의를 기울였던 낸 골딘은 취약

함을 생산하는 자본주의의 고리를 끊어내고자 투쟁적인 활동가로서도 분한다. 중독성 강한 약물을 유통하며 피 묻은 돈을 벌어들인 새클러가家와 맞서 싸우고, 명성 있는 현대 예술가로서 자신의 영향력을 십분 활용해 세계 유수의 미술관에서 이 가문의 이름을 지워버리기까지 한다.

벼락같이 날카로운 빛도 온기가 될 수 있다는 걸 보여준 낸 골딘의 시점 아래에는 무거운 중력 하나가 놓여 있다. 바로 그녀의 언니 바버라의 죽음이다. 영화에서 선명하게 제시되는 것은 아니지만, 바버라의 죽음에는 부모의 방치와 성적 억압과 같은 부정의 굴레가 영향을 미친 것으로 암시된다. 언니의 죽음이라는 구심점으로부터 낸 골딘의 투쟁과 예술은 매우 사적인 동시에 공적인 교차 속으로 흘러 들어간다. 안전하고 건실한 공공성을 만들어내려는 쟁투가 실은 깊숙한 유년의 기억과 몸부림치며 공명한다는 것. 아픔과 트라우마, 애도와 소외가 물결치는 낸 골딘의 생애는 정치와 삶, 그리고 아름다움의 거리는 그리 멀지 않다는 걸 침착한 목소리로 들려준다.

〈모든 아름다움과 유혈사태〉라는 영화의 입체

성과 명징하게 만나는 문학이 바로 박화성과 박서련의 작품이다. 미적인 것의 이면에 아픔이 있다는 뻔한 이야기가 아니라, 아름다움은 언제나 생존을 위한 거친 투쟁에 의존할 수밖에 없다는 지독한 야성성이 두 작가의 내부에 자리하고 있기 때문이다. 계급과 젠더, 민족성이 긴밀하게 공명하는 박화성의 작품은 식민지 시기의 여류 문학이라는 좁은 틀로는 해석할 수 없는 이채로운 결을 가지고 있다. 남성 못지않은 늠름한 여유와 기개를 가진 작가로 평가받은 동시에 여성성의 소실이라는 비판 또한 피하지 못한 박화성은 "여성적이어도 비난받고 여성적이지 않아도 비난받는 아이러니"\*를 내부 분열의 근거로 가진다. 박서련의 문학은 어떠한가. 『체공녀 강주룡』에서부터 『카카듀―경성 제일 끽다점』에 이르기까지 역사적 문제에서 날카로운 시의성을 발견해온 박서련은 여성의 성장과 투쟁, 노동을 생명력 있게 그려내왔다. 모성성과 돌봄노동의 심리적 역동에서부터 임

---

\* 김미현, 「박화성 소설의 '새도 페미니즘'」, 『젠더 프리즘』, 2008, 민음사, 266~267쪽.

신중절과 여성적 글쓰기라는 까다로운 문제까지 부지런히 다루어온 박서련에게 몸과 욕망의 구체성을 가시적인 감각으로 바꾸어놓는 건 시급한 문제였을지도 모른다.

충만하고 부드러운, 그러나 때론 묵직하고 사나운 이들 문학의 입체성에서 그 어떤 물질보다 유연한 물의 맥박이 느껴진다. 어디로든 침투해 서서히 젖어드는 액체는 사실 모든 걸 파열시킬 수 있을 만큼 강력하고 단단하다. 거세게 몰아치는 심장만이 전부인 것처럼 날카롭고 용감하다가도 깊은 우물처럼 차가워지는 박화성의 고독, 가늘고 나긋하게 흐르면서도 대담하게 급류에 합류하는 박서련의 기개는 무엇보다 투명하고 솔직한 물의 욕망을 닮았다. 아픔을 과시하지 않고 실패를 상찬하지 않는 이들 문학에서 어떤 충격에도 손상되지 않는 부드러운 유연성을 본다. 굽이치는 세계의 폭력성과 유한성 앞에서 스스로를 잃지 않은 채 잔잔히 흐를 줄 아는 그 신비로운 지혜를 말이다.

## 이름 모를 감정의 목록

 얼굴을 때리는 빗방울, 무릎 위로 질척하게 차오르는 물, 얼어붙은 돌을 뜯어내 물길을 만드는 고된 작업, 정거장 근처의 미끄덩하고 축축한 샘길. 박화성의 작품에서 새삼스럽게 눈에 들어오는 건 소설의 분위기를 감싸며 흐르고 있는 '물'이다. 똘배처럼 단단하고 야무진 박화성의 소설에 즙 많은 열매처럼 물컹거리는 부분이 이토록 많다는 걸 그 누가 감히 알아챌 수 있었을까.

 문학을 공부해본 이에게 박화성의 소설은 거칠고 남성적인 인상으로 가득할지도 모른다. 이른바 '동반자 작가'로서 가졌던 프롤레타리아 계급의식, 사회주의자로서의 리얼리즘적인 농촌 묘사, 민중운동을 고취하는 교훈적 주제 등은 박화성을 평가하는 주된 키워드였기 때문이다. 곧은 나무처럼 일관된 박화성의 소설을 '여성이 쓰는 계급문학'이라는 강렬한 인상 아래에서 읽지 않기란 어려운 일이었다. 그런데…… 여성과 계급은 그토록 멀리 떨어져 있는 것이었던가? 박화성을 읽는 이 단순한 시작점을 되돌려본다면, 그녀의 작품에서 안개처럼 표표히 싸여 있는 물의 축축함은 어떤 복잡함의 장소이자 영원히 밀려나지 않는 저항성으로 남을 수도 있을 것이다.

고통과 의존, 자립과 귀속이라는 복잡다단한 역사를 거친 박화성의 개인사를 밝히려는 이유도 이 때문이다. 춘원의 추천으로 문단에 발을 들인 박화성은 7년간의 '공백기'를 가지게 되는데, 이때 그가 보인 반응이 제법 매섭다. 해당 시기 박화성은 일본에서 영문학 전공으로 유학하며 장편의 초고를 틈틈이 만들었고, 스스로 제대로 된 잠자리에 들어보지 못했다고 회고한다. 그래서 소설 집필과 전공 공부를 놓치지 않았던 노고의 시간을 '공백 기간'이라고 부르는 건 "피상적인 판단"이자 "금물"이라며 단언한다. 그런데 이 말에는 유독 불안이 앞서 보이는 것 같기도 하다. "공백기에 이어서 완전히 허물어지는 작가"*가 있기도 하다는 현실적인 전망이 박화성의 의식 내에 깃들어 있었고, 경력이 일정하지 않으면 문단에서 잊혀질 수 있다

---

\* 박화성, 「나의 交遊錄(30)-『白花』 出版 기념회」, 《동아일보》, 1981. 2. 12.

는 부담 또한 글쓰기를 욕망하는 여성의 시간 속에 꾸준한 불편함으로 자리하고 있었기 때문이다.

이 시기 여성 작가들에게 가해진 글쓰기의 불안은 사생활의 문제와도 결부되어 있었다. 흔히 여류로 분류되는 작가들은 문학작품보다는 연애, 결혼, 이혼 등의 가십으로 관심을 받았으며, 박화성 또한 예외는 아니어서 목포의 사업가와 재혼한 후 계급문학의 사상성을 의심받기도 했다. 이와 같은 가부장성은 문단 내외로 여성 작가들의 자의식을 자극해 아이를 돌보는 일, 빨래와 반찬 준비 등 가정의 모든 잡무를 부담한 채로 저자성을 획득하려는 시도를 매우 불안하고 위태롭게 만들었다. "여류작가로서의 고통보다도 그 이상의 번민"이 매 순간 "작품 행동을 엄하게 감시"하고, 작품을 위한 조사와 여행도 마음껏 떠날 수 없는 사회적 제약 또한 존재했기 때문이다. 번민과 고통의 내용조차 "자세하게 말할 수 없"다는* 박화성의 이름 모를 감정의 목록은 그의 작품에서 머뭇거리며 빛난다.

* 박화성, 「여류작가가 되기까지의 고심담」, 서정자 외 엮음, 『나는 작가다』, 푸른사상, 2021, 340쪽.

## 남성이라는 정물

박화성은 동경에 유학한 신여성이자 사회주의자와 결혼한 여성 동지이기도 했고, 동시에 글쓰기로 생계를 꾸려나가는 여성 가장이기도 했다. 이 복잡하고도 세밀한 정체성을 통과해 박화성의 소설을 읽어나가는 것은 문단의 안과 밖, 사적인 것과 공적인 것, 일상과 예술을 얽혀 있는 전체로서 바라보는 것과도 같다.

이러한 얽힘을 세밀히 관찰하기 위해서는 기성 남성 문단을 의식한 박화성의 글쓰기 전략에 집중하기보다는 남성 인물들의 특이한 만듦새에 주목해보아야 할 것이다. 「홍수전후」에서 성난 물이 들어찬 집에 남아 가족들을 위기에 빠지게 하는 가장 '송명칠'은 고집스럽고 딱딱한 성미를 가져 자신이 확신한 것은 잘 바꾸지 않는다. 소설에서 그는 왈칵 달려든 물결에 밀려 큰 배를 잃어버리고, 세 남매가 작은 배에 옹기종기 모여 앉아 얼굴에 억센 빗줄기를 맞게 만든다. 가축과 집, 곡식과 밭을 모두 쓸어간 험한 물이 이윽고 쌀레를 집어삼켰을 때 이들 가족이 겪는 비극은 더욱 극대화된다. 소설은 홍수의 피해로 현실을 직시한 명칠이 아들 윤성의 든든한 동지가 된다는 결말로 이어져 '홍수전후'에 벌어진 명칠의 심경 변화를 계급의식의 개화로 연결시킨다.

이와 같은 계급의식의 소명이 다소 형식적으로 느껴지는 이유는 명칠의 심경 변화가 갑작스럽게 이루어지기 때문은 아니다. 홍수의 피해는 그 어느 때보다도 처참해 명칠의 마음을 바꿔놓기에 충분하다. 그러나 동무의 편에 서려는 결정에도 불구하고, 명칠이라는 인물은 여전히 고집스럽고 경직된 남성의 전형성에서 벗어나지 못한다. 그건 명칠이 가진 사고방식이나 인물성의 변화와는 무관하게, 그가 자리한 성인 남성 가장으로서의 위치성에서 발현되는 속성이기도 하다. 이 소설에서 바뀌지 않는 것이 있다면 가족의 운명이 바로 명칠이라는 한 사람의 결정에서 기인한다는 매우 엄격한 가부장성이다. 명칠이 아들 윤성을 따라나설 때, 그의 아내와 아이들은 참외밭에서 무력하게 울부짖고 있는 것으로 묘사된다. 여기에서 지적되어야 할 것은 명칠이 얼마나 무능력한 가장인지가 아니라, 그의 권한이 가장 취약한 어린 여성을 죽음으로 내몰 만큼 매우 강력하다는 것에 있다.

시종일관 울리지만 "아무런 구원도 되지 못하는"(113쪽) 경종처럼, 포플러 나무에 동아줄을 묶어 밤새도록 가족과 재산을 지키려는 명칠의 노력은 모두 허사로 돌아간다. 오묘하게도, 그런 명칠을 향한 소설의 묘사는 마치 반듯한 정물을 보는 것처럼 찬찬하다. 영양 부족의 기름한 얼굴을 가진 외모, 다년간의 농사와 어업으로 다진 "경험철학의 고질적 신념"(109쪽), 무서운 물의 기세에도 물러나지 않는 성미를 가진 명칠은 일관된 인간으로서, 가족 서사의 틀 안에서 성인 남성 가부장으로서의 구조적인 위치를 벗어나지 않는다. 계급 각성과 계몽적 서사에도 불구하고 그의 입체적인 면모가 두드러지지 않는 이유이기도 할 것이다. 반면 참외와 수박을 좋아하던 쌀례와 아이들의 사랑을 받았던 검둥이를 비롯해, 물에 흔들리며 떠내려간 동식물은 오래도록 기억에 남아 맴돈다. 그 이유는 이들과 비교적 가까운 위치에 있던 작가의 공들인 묘사 덕택일 수도 있지만, 이들이 지금의 우리가 가장 간절히 손을 잡고 싶은 취약한 존재들이기 때문일 것이다.

「호박」은 일관되고 경직된 남성 인물의 묘사에서 한 걸음 더 나아가, 존재 자체를 서사 구조에 감추어놓는다. 그럼에도 남성 인물은 소설에서 가장 강한 존재감을 드러내며 주인공이 결정하는 모든 행동의 원인이 된다. 소설은 주인공 음전이 시멘트 공장의 노동자가 되어 고향을 떠난 약혼자 윤수를 기다리며 벌어지는 일을 그린다. 대흉년이 들어 약속했던 결혼은커녕 고향에서 살 수도 없게 된 윤수는 함경북도의 공장으로 쫓겨 가게 되고, 음전은 울타리에 열린 호박 두 덩이를 마치 윤수와 자신인 것처럼 아끼며 그가 돌아올 때까지 애지중지한다.

「호박」은 농촌의 척박한 환경을 세밀하게 묘사한다. 「홍수전후」에서 보여졌던 자연재해의 참상이 이어져, 민중의 궁핍한 현실을 핍진하게 묘사하고 있는 것이다. 여기에서 중요한 것은 박화성의 소설 속 자연재해가 모두에게 공평하게 해를 가하는 천재지변이 아니라, 민족과 계급, 젠더의 모순을 드러내는 구조적 성격을 띠고 있다는 것이다. 「홍수전후」에서 힘없는 어린 여성과 동식물에게 피해의 참상이 더욱 깊숙하게 몰아쳤던 것처럼, 재난은 언제나 불평등하면서도 위계적이다. 「호박」은 이처럼 "단순하면서도 꽤 복잡한"(151쪽) 문제가 엄중하거나 위급한 상황이 아니라 생활에 밀착되어 드러난다.

"어째 우리는 항상 죽만 먹는다우? 그라고 밥도 꼭 보리밥만 먹고……?"(150~151쪽)라는 종섭의 투정은 농촌에 깃든 가난과 흉년뿐만 아니라, 임자 있는 전답을 일구느라 양식의 풍족함을 꿈꿔볼 수 없는 소작인의 현실을 보게 한다. "우리 논에서 났는디 어째 남이 와서 가지고 갔다우?"(152쪽)라는 종섭의 질문은 실로 배고픈 사내아이의 투정으로 보일 수 있지만, 농촌을 떠도는 빈곤, 기근의 구조적인 문제 자체를 직시하게 하기도 한다. 음전의 약혼자 윤수 또한 추운 함경 지방의 시멘트 공장으로 차출되어 갖은 고생을 한다. 옷도, 집도, 먹을 것도 풍족하지 않은 상황을 전하던 윤수는 편지로 형수의 죽음을 알린다. 가혹한 환경 속에서 이미 병약하던 여성의 객사는 재해의 고초가 빈곤층 내부에서도 각기 다른 양상을 보일 수 있다는 것을 보여준다.

흥미로운 것은 윤수가 두 번 편지를 보내는 동

안 음전에게 아무런 소식을 전하지 않는다는 것에 있다. "어쩌면 내게도 편지 한 장을 않고 마는고? 자기 손으로 잘 쓸 줄 알면서도……"(158쪽)라며 야속한 마음을 내비치지만, 이내 윤수에게 셔츠를 사 보내기 위해 빠르게 계산을 돌리는 음전의 머릿속에는 온통 그를 위하는 마음뿐이다. 장래의 남편을 위한 일이라지만 자기 일보다 "바득바득 애를 태"우고, 어머니의 은전을 "욕심이 가득한 눈"(159쪽)으로 바라보는 음전에게서 연애 감정과 사랑보다는 추진력과 행동력이 더 엿보인다. 이 의미심장한 모습은 연애 감정이 계급적 가치 아래에 종속되는 1930년대 특유의 보수적 상황을 담고 있다. 당시 남성 사회주의자들은 여성에게 '혁명가의 아내'로서의 행동을 강조했고, 평등한 연대나 자유로운 실천보다는 가부장을 향한 내조로 그 역할을 한정했다. 그러므로 소설에서 윤수는 거의 등장하지 않으며 후경화되어 있지만 음전의 행동과 생각을 모두 선결짓는 조건으로서 강한 존재감을 드러낸다. 박화성은 소설의 구조 안에서 감추어진 존재가 이야기의 전반을 장악하는 심층성을 능란하게 구사하며, 사회주의자라는 계급 가치 속에 숨은 가부장성을 또렷하게 볼 수 있게 만든다.

이처럼 「홍수전후」와 「호박」은 일제강점기 박화성 소설이 가진 계급의식의 정수를 보여주는 동시에 그 이면에 착종된 남성 가부장성까지도 면밀하고 세심히 관찰한 흔적을 내보인다. 고집스럽게 불변하며, 안개처럼 숨어 있지만 모든 것을 장악해버리는 무서운 남성성의 계보를 박화성의 치밀한 눈은 절대 놓치지 않았다. 문단 내외로 '여류작가'라는 멍에와 싸우고, 가정과 양육이 온전히 여성의 몫이 되는 일상을 치열하게 반문한 흔적이 작품 속에서 은밀하게 드러나고 있는 것이다.

박화성의 소설에서 가부장성이라는 견고한 구조적 틀은 이토록 복잡하고 다층적이며, 이를 의식하는 서사의 시선은 다양하게 변주된다. 젠더적이고 계급적인 구조적 위계를 의식하고 수행하며 마침내 분열되는 작가의 의식에 더욱 주목하게 되는 이유다. 그 입체적인 결이 서사의 행간에 아로새겨질 때, 익히 알려진 박화성의 계급문학적 경향성을 등지는 인식과 저항, 복종과 불복종, 의존과 투쟁은 불안정하게 얽혀 서늘하게 충돌한다.

이 책의 포문을 여는 「하수도 공사」는 박화성의

작품 가운데서도 무척 중요한 위치를 점하는 소설이다. 박화성이 스스로 "당당한 자격증을 딴 작품"*이라 칭한 바 있는 「하수도 공사」는 그가 장편 『백화』를 연재하기 직전 '준비 공작'으로 발표한 소설이다. 의도치 않은 문단 공백기를 가졌던 박화성은 춘원의 추천을 통해 「하수도 공사」로 출사표를 던지게 되고, 무사히 『백화』를 연재한다. 그러나 『백화』가 일본 유학 시절의 준비 기간을 거친 것과 달리, 「하수도 공사」는 남편의 옥바라지로 동분서주하고 여성 가장으로서 고군분투했던 생활의 비명이 깃들어 있다. 감옥에 있는 남편에게 매일 밥을 나르고, 어린아이들을 돌보며 틈틈이 소설을 써나가던 박화성은 고열로 앓아누운 동안에도 원고를 놓지 못했다. 정성껏 쓴 「하수도 공사」는 "'춘원 추천 소설'이란 우스운 레테르"**로 구설에 오르게 되고, 가난과 바쁨 속에서 분투한 박화성에게 한 푼의 원고료도 안겨주지 못하며 그를

---

* 박화성, 「나의 交遊錄(28)-『白花』出版 기념회」, 《동아일보》, 1981. 2. 10.
** 박화성, 「여류작가가 되기까지의 고심담」, 『나는 작가다』, 338쪽.

쓰라린 고통 속으로 밀어 넣기도 했다.

번다한 가사 일은 습관처럼 생활의 정서를 자극해 기어코 몸에 남는다. 서동권의 각성을 그리는 「하수도 공사」의 서사 속에서 '김 선생'의 행적이 눈에 띄는 이유도 그 때문일까. 소설에서 '정 선생'의 투옥은 동맹파업과 더불어 서동권의 계급의식의 각성을 이끄는 주된 요인으로 등장하는 사건이다. 이때 정 선생의 아내인 김 선생이 흐트러진 집안 살림 속에서 세수하고 머리를 빗으며 경찰서로 나서는 모습은 박화성이 「하수도 공사」의 원고를 집필하며 동분서주하던 시기와 겹쳐 읽힌다. 그러나 '김 선생'이라는 호칭이 무색하게도 정 선생의 아내는 사회주의자로서의 뚜렷한 면모를 보여주기보다는 어린 정해에게 레닌과 마르크스의 이름을 가르칠 뿐이다. 이는 "머릿속이 미쳐날 듯이 뒤숭숭한 가정의 잡무"*를 수행하는 와중에 원고를 고쳐 써낸 박화성에게 비난과 구설만 가해졌던 상황과 겹쳐 읽혀 한층 의미심장한 독해를 불러일으킨다. 정 선생과 혼인해 사회주의자로서의 아우라

---

\* 같은 글, 같은 책, 341쪽.

를 획득한 것처럼 보이는 김 선생이 실상 비가 오면 물이 들이치는 집을 걱정하고, 젖먹이의 양육에 온 신경이 쏠려 있는 모습은 가부장적 위계 구조와 사회주의자로서의 분투가 긴밀히 공모하는 가운데 고통받았던 박화성의 모습을 떠올리게 하기 때문이다.

「하수도 공사」에는 이와 같은 모호한 분위기를 간단히 압축하는 묘한 낱말 하나가 돌발적으로 등장한다. 동권이 용희를 향해 용솟음치는 감정을 억누르며 내뱉는 대사 중 다음의 부분에 주목해보자. "용희! 나는 용희를 정말로 사랑하오. 그러나 나는 우리의 사랑이 현재 우리 정세에 합당하지 못하기 때문에 항상 스스로 억제하는 때가 많소."(54쪽) 사랑이 현재 우리 정세에 합당하지 못하다니, 사전적인 단어가 사용되고 있음에도 '정세'와 '합당'은 쉬이 해석되지 않는다. 동권이 말하는 지금의 정세란 무엇이며, 그것에 합당하다는 기준은 또 무엇일까? 이 모호함 앞에서 용희는 "어째 우리의 사랑이 합당하지 못하다고 그래요?"라고 되묻는데 이때 동권은 "그것쯤이야 용희가 생각해보면 알겠지"(55쪽)라며 얼버무린다.

기울어진 가세와 경제의 궁핍을 뼈저리게 인식하는 동권에게 용희와의 계급 격차는 사랑의 주된 걸림돌이다. 그런데 "나 같은 노동자가 부잣집 영양에게 짝사랑하는 것"(53쪽)이라는 동권의 자조적인 말과 달리, 용희와의 연애를 포기하는 그의 속마음은 조금 더 심원한 욕망을 향하고 있다. 투쟁을 향한 동권의 강한 일념이 "한가한 결혼 문제보다도 더 급한 문제"(89쪽)로서 자리하고 있기 때문이다. 일견 모순인 것은 용희를 "애인보다도 한 동지"(89쪽)로 생각한다고 고백하면서도 서둘러 떠나며 '정세'를 운운하는 동권의 모습이다. 같은 뜻을 가진 동지와의 연대가 중요한 가치임에도 불구하고 정작 여성 동지와의 사랑을 '한가한 결혼 문제'로 표현하는 동권의 모습은 여성을 진정한 동지로 바라보지 않는 모순된 시선을 보여준다.

그러므로 동권이 말하는 "객관적 정세"(93쪽)란 사실 주관적이고 사적인 판단과 크게 다를 바 없는 모호한 가치에 속하게 된다. '동지'라는 이름을 붙이고 있기는 하지만, 여성 동지를 향한 '정세'에는 투쟁과 단결의 힘보다는 아내와 양처의 노릇을 기대하는 가부장성이 존재하고 있기 때문이다.

「하수도 공사」에 등장하는 여성 인물들이 바로 그 정세에 부합하는 오롯한 행색을 하고 있는 것은 바로 그 가부장성을 의식하는 박화성의 '처세'이기도 하다. 소설 작가로서의 명성에 앞서 '여류작가'로서 남성 문인의 추천과 소개에 기대야 했던 모호한 '정세'를 향한 처세 말이다. 김 선생과 희순의 반대급부에 서 있는 계모의 신랄함이 돋보이는 이유 또한 바로 그 가부장성을 거스르는 여성을 향한 남성적 처벌의 대리적 실현으로 봐야 할 것이다.

### 운명이 던지는 힌트

박화성의 소설은 문학작품이 구축하는 담론의 객관성이 언제나 명료하고 자명한 것은 아니라는 사실을 유동하는 언어로 드러낸다. 문학이 생산하는 언어는 사회적 실재에 따라 복잡하고 다차원적인 테제를 구성할 수 있기 때문이다. 그러므로 박화성을 지금 다시 읽는 작업은 문학작품의 복잡성뿐만 아니라 현시대의 존재 양식을 밝히는 중요한 통찰을 전해준다. 「하수도 공사」를 다시 쓴 박서련의 소설 「정세에 합당한 우리 연애」(이하 「정세」)는 바로 그 정교한 이음새를 또박또박 보여주는 쾌활한 작품이다. 대학 독서 동아리에서 「하수도 공사」를 접한 후, 소설이 "용희의 시점에서 다시 쓰인다면 어떨까, 상상"(200쪽)하는 림의 속내에는 진과의 비밀스러운 연애가 꿰어 있다. 진은 총여학생회의 재건이라는 포부를 안고 동아리를 운영하고 있는데, 레즈비언으로서의 커밍아웃이 걸림돌이 될까 망설인다. 림은 그런 연애 앞에 무력한 자신을 「하수도 공사」 속 '용희'와의 연장선상에서 바라본다.

림은 열애 사실을 숨기는 진에게 섭섭한 감정을 느낀다. 그런데 이 섭섭함은 복잡하다. 진이 공개를 꺼리는 이유에는 "여자 총학생회장을 본 적 없는 학교가 레즈비언 총학생회장은 괜찮게 생각할지 잘 모르겠"(195쪽)다는 정치적이고 전략적인 이유가 숨어 있기 때문이다. 림은 "총여학생회를 재건하자는 사람이 여자 총학생회장과 레즈비언 총학생회장이 크게 다른 것처럼 말하는 건 아무래도 모순적"(195쪽)이라는 사실을 깨닫지만, 그 모순에도 불구하고 중요한 위업 앞에서 조심스러운 진의 태도 또한 곧잘 이해해버리고 만다.

실로 진이 그리는 원대한 로드맵은 대의에 헌신하는 동권의 모습과 꼭 겹쳐 보인다. "첫째, 중앙 동아리를 만든다. (…) 둘째, 동아리 활동을 바탕으로 총학생회 선거에 출마한다. (…) 셋째, 총학생회장 권한으로 총여학생회 재건 안건을 상정한다."(185~186쪽) 세 단계로 마련된 진의 구상은 이토록 계획적이고 분명하다. 총여학생회를 건설하는 일은 여성 인권의 토양이 되어줄 것이라는 확신이 마치 "여학생 자경단 활동"(185쪽) 같은 결의를 불러일으킨 것이니 말이다. 동아리 회원들이 달마다 '재건통장'에 곗돈을 붓는 모습은 마치 독립운동을 위해 자금을 모으는 결사처럼 비장해 보이고, 미래의 지지자와 선거운동 본부원을 포섭하기 위해 소모임의 굴욕적인 순간까지 참아내는 림의 모습은 세밀하고 계획적이다.

이처럼 「하수도 공사」에서 보여졌던 민족적 대의의 문제는 이 소설에서 총여학생회 재건의 과제로 옮겨지고 있다. 그렇다고 해서 이 소설의 문제의식이 원래의 소설보다 작다거나 축소되었다고 말할 수는 없을 것이다. 국민적 단위의 일이 대학교 내부의 일로 표현되고 있을지언정, 「정세」가 겨냥하는 문제는 여성의 인권과 권리라는 커다란 주제와 맞닿아 있기 때문이다. 더욱이 이와 같은 문제의식에 분투하는 한 개인의 깊은 얼굴을 그려낼 때 소설의 질문은 크고 작음의 문제로 갈음할 수 없는 입체성을 비추게 된다.

중요한 것은 '어느 것이 대의인가'를 질문하는 것이 아니다. 한 개인에게 긴급한 문제란 언제나 자기 삶의 대의로 다가오기 마련이라는 통찰을 「정세」의 청춘이 보여주고 있기 때문이다. 그러나 삶이 언제나 기대한 것과 다르게 흐르고, 이 신비로움 앞에서는 강직하고 흔들림 없는 결의마저 무용할 수도 있다는 것은 청춘의 시기를 지나온 우리는 안다. 진의 계획력과 설득력이 림의 진심 어린 사랑을 세상에 비출 수 없는 모순을 드러내듯 말이다. 퀴어를 벽장 속에 숨게 하는 세계의 시선이 총여학생회를 해산시킨 억압과도 그다지 멀지 않다는 사실, 그리고 그 폭력성이 림과 진이 자주 드나드는 중화요리점의 생사와도 맞닿아 있다는 사실은 이 소설이 불가해한 삶의 진실을 보여주는 하나의 기점이기도 하다.

"운명이 던지는 힌트"(184쪽)를 믿어버리는 림의 목소리는 소설의 후반부로 갈수록 점점 더 강하고 뚜렷해진다. 운명론자는 실로 모순이 가득한 세계에서 결코 패배하지 않는다. 운명은 건설적이고 합리적인 인간의 계획보다 크고 위대하다는 걸 이들은 알기 때문이다. 건실한 계획 바깥에 선 림의 시선은 이미 진의 계획이 모든 정세를 아우를 수 없다는 걸 확인한 것으로 보인다. 남자와의 '헛짓거리'를 막기 위해 통금 시간을 정한 엄마, 여성을 성역화하는 남성주의적 시선과 이성애주의로 가득한 텍스트를 공부하는 영상 소모임, 여자 총학생회장을 가져보지도 못한 학교는 림뿐만 아니라 림과 진 모두를 감싸는 이 소설의 정세이기 때문이다. 이 모순 앞에서 림과 진은 「하수도 공사」속 용희와 동권이라는 인물에 정확히 대응되지 않으며, 시대의 억압에 가로막혀 다층적인 얽힘을 살아가는 복잡한 퀴어의 형상이 된다.

소설의 서두에서 "아무도 반대하지 않았다는 사실"(174쪽)에 지나친 주의를 기울이는 림의 모습은 이와 같은 '정세'의 모호한 가치 앞에서 호오를 뛰어넘는 가치를 찾으려는 강박적인 태도처럼 보인다. 그러나 「하수도 공사」에서 동권이 말한 '객관적 정세'가 결코 객관성을 보증할 수 없었던 것처럼, 림은 '정세'라는 말이 가치판단의 영역에 들어서 있다는 사실을 서서히 깨달아가며 이를 내파해 나가기 시작한다. "정세에 합하지 않는 연애 같은 건 세상에 없어요"(202쪽)라는 말이 백 년이 다 되어가는 시점을 통과해 림의 입에서 홀린 듯이 목소리를 낼 때, 끝내 침묵으로 떨어졌던 용희의 물음은 다시 살아나 현재를 관통한다.

마치 구전처럼, 혹은 어두운 강물처럼 유유히 흐르던 질문이 시간을 통과해 이윽고 찰랑거리는 소리를 냈을 때 이 연결은 기쁘게 공명한다. 그러나 그 질문은 결코 단순하지 않다. 지나간 시간을 이야기한 것도, 과거를 추억하기 위한 것도 아니었던 이 공명 속에는 생의 복잡성과 아이러니, 모순과 입체성이 물결치며 흐르고 있기 때문이다. 이처럼 박서련은 박화성이 끝내 음지와 행간으로 밀어 넣어야만 했던 묘한 불안을 마침내 맑게 갠 아침 속에서 발견한다. 침묵에 부쳐졌던 모호한 비밀을 잇는 물의 시간은 우리의 주위를 둘러싼 잔잔한 고요가 더 이상 무無가 아니라는 사실을 드러낸다. 한 방울의 물이 떨어지는 청명함, 그 선명한 연속이 계속되고 있으니까.

### 정세에 합당한 우리 연애

**초판 1쇄** 2024년 10월 10일

**지은이** 박화성, 박서련
**펴낸이** 박진숙 | **펴낸곳** 작가정신
**편집** 황민지 | **디자인** 이현희 | **마케팅** 김영란
**재무** 이하은 | **인쇄 및 제본** 한영문화사
**표지 및 본문 디자인** 석윤이

**주소** (10881) 경기도 파주시 광인사길 143 2층
**대표전화** 031-955-6230 | **팩스** 031-955-6294
**이메일** editor@jakka.co.kr | **블로그** blog.naver.com/jakkapub
**페이스북** facebook.com/jakkajungsin
**인스타그램** instagram.com/jakkajungsin
**출판 등록** 제406-2012-000021호

**ISBN** 979-11-6026-349-7 03810

이 책의 판권은 저작권자와 작가정신에 있습니다.
이 책 내용의 전부 또는 일부를 재사용하려면 양측의 서면 동의를 받아야 합니다.